Elisabeth von Maltzahn

DER ABT AUS DER MARK BRANDENBURG

Elisabeth von Maltzahn

Der Abt aus der Mark Brandenburg

francke

Über die Autorin:
Elisabeth von Maltzahn wurde 1868 in Rühn geboren und wuchs in Schwerin auf. Sie lebte als Schriftstellerin im Osten Deutschlands und veröffentlichte zahlreiche erbauliche Romane. 1945 verstarb sie auf dem Flüchtlingsschiff „Deutschland“.

Dieses Buch erschien erstmals unter dem Titel
Wenn ich ihn nicht habe ...

Bibliografische Information Der Deutschen Bibliothek
Die Deutsche Bibliothek verzeichnet diese Publikation in der Deutschen Nationalbibliografie; detaillierte bibliografische Daten sind im Internet über http://dnb.ddb.de abrufbar

neu bearbeitete Auflage 2008
ISBN 978-3-86827-025-9

35037 Marburg an der Lahn
Umschlaggestaltung: Henri Oetjen, DesignStudio Lemgo
Satz: Verlag der Francke-Buchhandlung GmbH
Druck: Koninklijke Wöhrmann, Niederlande

www.francke-buch.de

Inhaltsverzeichnis

Im Klosterfrieden

Ein sonniger Maimorgen war angebrochen und legte seinen duftigen Schimmer über die steinernen Mauern eines alten Mönchsklosters in der Mark Brandenburg. Auf den Obstbäumen lagen, wie frisch gefallener Schnee, die jungen Blüten, die weißen und roten Zweige blickten neugierig in das weitgeöffnete Bogenfenster. Dort saß der Abt am eichenen Schreibtisch, über die kunstvoll geschriebene Chronik des Konvents gebeugt. Die Bienen summten in den Wipfeln der Klosterlinde, und unten, dem ehrwürdigen Wächter des Hauses zu Füßen, schimmerten und dufteten die Veilchen, und die kleinen goldenen Himmelsschlüssel wiegten die Köpfchen im Morgenwind, als wollten sie den Tag des Herrn, den Sonntag *Misericordias Domini*, einläuten.

Bernhardus von Ribbeck blickte hinaus. Einen weiten herrlichen Ausblick hatte er von dort oben, und oft ließ der Mann in der Kutte die großen Augen in die Ferne schweifen, als denke er an vergangene Zeiten.

Dicht an die Klosterwiesen schloss sich die Heide an eine weite braun schimmernde Fläche, von einzelnen Birken unterbrochen, deren zarte lichtgrüne Blätter darüber schwebten. Dunkle Kiefernwälder, die ihren würzigen Duft in die Ebene sandten, warfen ihre tiefen Schatten auf die stillen Sümpfe der Mark. Riesenhafte Binsenbüschel schwammen wie kleine Inseln auf den dunklen Gewässern. An den schlüpfrigen Ufern unter dem Schutz der Kiefern streckten mächtige Farnkräuter ihre gefiederten Blätter in den Frühlingstag hinaus, und die Drosseln sangen um die Wette.

Wenn man den Sandweg bis zum Ende verfolgte, sah man ein weißes zinnenreiches Schloss liegen, hell wie eine Frühlingsblume in der Heide. Rechts davon erhob an einem silbernen Wasserstreifen das alte Tangermünde seine grauen Türme über dem Elbestrom.

Der Mönch lauschte hinaus. Es herrschte jene Mittagsruhe draußen, in der kein Ton ungehört verklingt, jene geheimnisvolle Stille, die selbst am Tag ihre Traumbilder über Wald und Heide webt. Eine Lerche stieg empor und schmetterte aus voller Brust ihr Lied – sonst war alles still, nur die Kiefern rauschten über Sumpf und Sand und ein Falter flatterte im Sonnenschein. Es war ein Tag, wie der Märker ihn liebt, klar, feierlich, gekrönt vom Lied der Heidesängerin über den Wipfeln. Dem von den Lavendelfeldern des Südens kommenden Fremdling mochte die Mark eintönig und öde erscheinen. Er aber behielt seine Heimatliebe im Herzen und kehrte, wenn er die Schätze der Erde gesehen, heimwehkrank in das geliebte Land zurück.

Der Abt von Fischbeck war ein echter Märker. Man hätte denken können, der klare Blick hätte eher in Wald und Flur gepasst als in die Klostermauern, und die starke Rechte besser an den Knauf eines Schlachtschwertes als in das stille Schreibgemach des heiligen Konvents. Das Mönchskleid umschloss seine ritterliche Gestalt, um eines Hauptes Länge überragte Bernhardus von Ribbeck seine frommen Brüder. Ein

Paar blauer Augen sah aufmerksam ins Leben, um den Mund lag ein Zug des Schmerzes, der von harten Kämpfen zeugte, aber die Stirn war frei und offenbarte die Jugend des Abtes, der immerhin einer Schar alter und junger Mönche vorzustehen hatte. Wer ihn aber einmal unter den Brüdern gesehen hatte, der begriff, dass Bernhardus von Ribbeck, und kein anderer, Abt von Fischbeck sein musste. In kluger Weise wusste er eines jeden Gaben zu verwerten und begegnete allen mit Liebe und Freundlichkeit.

Daneben war sein Urteil klar und haarscharf und von strenger Gerechtigkeit und Wahrhaftigkeit. So wagte keiner seine Würde anzutasten, und auch ein graues Haupt beugte sich gern seinem Urteil, das auf das Wort Gottes gegründet und durch Gebet und Wachsamkeit geschärft war, ja, die Schar der Mönche sah mit einer Liebe und Begeisterung zu ihrem Abt auf, die ihresgleichen suchte, und die Klosterzucht war berühmt.

Als er heute die Chronik durchsah und den Tag seines Eintritts verzeichnet fand, zog die Zeit seines Hierseins an ihm vorüber wie ein langer Traum, der noch nicht zu Ende ist. Gedankenverloren blickte er auf das Pergament und dachte an vergangene Tage.

Vor acht Jahren, im Jahr des Heils 1524 war es, als am Heiligen Abend ein junger Herr an die Klosterpforte zu Fischbeck klopfte. Der Pförtner, Bruder Laurentius, hatte ihm geöffnet und mit seiner mächtigen Laterne verwundert den vornehmen Gesellen, der als Weihnachtsgast zu ihm kam, beleuchtet. Dann hatte er ihm freundlich den schneebedeckten Mantel abgenommen und ihn zum Abt geführt.

Alexander Mathesius, der damalige Abt, hatte erstaunt auf den Jüngling geblickt, der ihn um das Mönchsgewand bat. Zweiundzwanzig Jahre alt, stattlich und aus altem märkische Adel – so einer pflegte selten ohne große Not an das Tor des stillen Heideklosters zu klopfen. Prüfend sah er ihm in das traurige Antlitz, das die Spuren eines großen, vor kurzer Zeit erlebten Schmerzes trug, und bald saß der Junker neben dem ehrwürdigen Mann und erzählte ihm die Geschichte seines Lebens. Lang war sie nicht, aber reich an Leid und Enttäuschung.

„Ihr kennt ja meine Sippe, hochwürdiger Herr", begann Bernhardus von Ribbeck, „Vater und Mutter sind früh gestorben, Geschwister habe ich nicht und bin der Letzte von diesem Zweig der Familie. Die Ribbecks sterben aus, wenn ich ledig bleibe. Doch es ist gut so, denn ich kann nicht anders, Hochwürden! Ich muss Euch erklären, wie alles ist, damit ich's vom Herzen habe. Verzeiht, wenn es lange dauert!"

Der Abt legte freundlich die Hand auf seine Schulter, und Bernhardus fuhr fort: „In dem Städtlein Jerichow in der Mark wohnte am Stadttor in einem alten Patrizierhaus der Ritter Heinrich von Gerlach mit seiner einzigen Tochter Katharina. Sie war die Spielkameradin meiner früh verstorbenen Schwester Maria Anna und so auch meine, denn wo die war, da zog ich mit als treuer Vasall. Wir waren oft in Jerichow, aber die kleine Katharina kam auch auf unsere Burg und besuchte ihre ‚Rehböcke', wie sie uns nannte. Am meisten jedoch ritten wir Geschwister hinüber, denn der vereinsamte Ritter trennte sich ungern von dem Sonnenschein seines Hauses, dem die Herrin fehlte. Sein Weib, Elisabeth von Itzenplitz, war nach einem Jahr glücklicher Ehe gestorben. Ich habe nie ein schöneres Kind gesehen als Katharina Gerlach. Das Mädchen hatte ein Antlitz wie die Jungfrau Maria, wundervolle dunkle Augen blickten träumerisch in die Welt, das schwarze Haar legte sich in leichten Wellen um die weiße Stirn und fiel wie ein langer seidener Mantel über die zarten Schultern herab. Es gab nichts Lieblicheres, als wenn Katharina mit meiner blonden Schwester zusammen in der Rosenlaube saß und die zarten Blüten sich wie ein Kranz um die zarten Gestalten legten, die wie zwei kleine Prinzessinnen hinter der Dornenwand von dem Königssohn träumten. Der kam denn auch bald mit Lanze und Schwert, und Klein-Katharina flog mir als meine Braut um den Hals, als ich sie aus dem Zauberschlaf befreit und wachgeküsst hatte. Dann zogen wir heim auf unser Königsschloss, ein Baumhaus, das in den Wipfeln der alten Linde hinter dem Haus angebracht war und zu dem ein Holztreppchen hinaufführte. Da saßen wir dann unter den blühenden Zweigen, sie hatte ihr süßes Gesicht mit dem Rosenkränzlein und Schleier an meine Schulter gelehnt, und ich hielt meine kleine Königin glücklich im Arm. Maria Anna brachte alle Puppen, die in dem alten Haus aufzutreiben waren. Die saßen im schönsten Putz um uns herum und bildeten den Hofstaat. Sie selbst hatte eine Samtschleppe der verstorbenen Frau von Gerlach um und war die Königin-Mutter.

‚Wenn wir groß sind, da spielen wir wieder Hochzeit, nicht wahr?', sagte die kleine Königin.

‚Ja, Frau Katharina‘ – so ließ sie sich am liebsten nennen –, aber dann komme ich in Wirklichkeit und frage dich, ob du meine Königin werden willst; willst du dann auch Ja sagen?‘

‚Ja, das will ich!‘, jubelte das Mädchen. ‚Und dann sitzen wir wieder zusammen im Lindenbaum, und du steckst mir einen goldenen Ring an den Finger und ich dir!‘ Dann küssten wir uns, ich umfasste Frau Katharina, und wir tanzten um die alte Linde herum, dass der Königin der Rosenkranz und dem König die Krone von Flittergold vom Kopf flog – gerade in den Schoß der Königin-Mutter. Die Linde aber schüttelte ihre Zweige, und durch die Blätter rauschte es: ‚Kinder, Kinder, was muss eure alte Urgroßtante erleben!‘ Das versicherte Maria Anna ganz deutlich gehört zu haben.

So verfloss unsere Jugendzeit wie ein schöner, sonniger Morgen. Ich war sechzehn Jahre alt geworden, Katharina elf. Das Mädchen blühte auf wie eine Frühlingsblume und wurde von Tag zu Tag schöner. Ihre Demut und Freundlichkeit gewann ihr alle Herzen, und alles freute sich, wenn die Rose von Jerichow, so hieß sie bei Arm und Reich, mit ihrem Vater ausging oder aus dem Fenster ihres kleinen Turmgemaches blickte. Ihre Großmutter, Frau Erika von Gerlach, die seit einiger Zeit im Haus ihres Sohnes ihr Altenteil bezogen hatte, ersetzte der jungen Enkelin die Mutter, soweit es in ihren Kräften stand, und Katharinas Lieblingsaufenthalt war Großmütterchens Stube. Es war ein schönes Bild, die alte Edelfrau mit dem weißen Haar und dem freundlichen Antlitz im Erker am Stickrahmen zu sehen, neben sich ihr Enkelkind, den Geschichten der Großmutter lauschend oder die Spindel drehend. Abends kam dann auch Herr Heinrich herauf und ließ sich in seinen hochlehnigen Sitz am Kamin nieder. Ein behagliches Zusammensein war's, wenn draußen die Flocken tanzten und die Kienäpfel in der Glut knisterten, und ich war froh, wenn es mir gestattet worden war, den Abend in Jerichow zu verbringen. Katharina, im weißen Gewand mit dem Goldreif im schwarzen Haar, saß, vom Kaminfeuer beleuchtet, zu Füßen ihres Vaters, das Köpfchen an seine Knie geschmiegt, die Hand an einer edlen Dogge, der beständigen Begleiterin des kleinen Edelfräuleins. Auf der Ofenbank aber, im Halbdunklen, da lehnte der Knabe, der die Augen unverwandt auf die Rose von Jerichow gerichtet hielt, weltvergessen und traumumfangen, im jungen Herzen nur den einen Gedanken: Frau Katharina! Die Heldensagen, die der Ritter erzählte, rauschten an seinen Ohren vorüber, sein Glück war's, dass ihn niemand danach fragte, kein Wort hätte er wiedergeben können, denn er sah und hörte nichts als Katharina mit den Märchenaugen.

Und nachdem Sommer und Winter vorbeigezogen waren, sah es auf der heimatlichen Burg traurig aus. Maria Anna litt seit Monaten an einem auszehrenden Fieber, und selbst die warmen Lüfte des Sommers wollten ihr keine Genesung bringen. Katharina war viel bei ihr; ein Sonnenstrahl zog über das blasse Gesichtchen, wenn sie auf der Schwelle erschien, den Arm voll blühender Rosen, mit denen sie das Krankenbett schmückte. Da saßen dann die beiden Mädchen zwischen den duftenden Blüten des Sommers, wie sonst in der Laube zu Jerichow. Katharina eine halbgeöffnete Knospe, Maria Anna die weiße aufgeblühte Rose, die der Tod küsste. Sie wusste, dass sie nicht mehr lange leben würde. Zuerst hatte es bange Tage voll Kampf und schweren Losreißens gegeben, aber nun war sie still geworden und freute sich auf den Himmel. Am Fußende ihres Lagers hing ein großes hölzernes Kreuz mit der Gestalt Christi. Darauf ruhten fast immer die Kinderaugen, als hätten sie die ganze Welt vergessen. ‚Wenn der Heiland kommt und mich holt', sagte sie, ‚müsst ihr alle hier sein, damit ihr seht, wie lieb er mich hat!'

Ein Mönch aus Eurem Kloster, Hochwürden, hat meine Schwester öfter besucht. Bruder Wendelin hieß er. Wenn er kam, wurden ihre Augen noch strahlender und heller. Ein seltsamer Mönch war er; er redete niemals zu ihr vom Verdienst der Heiligen und dass sie sich von ihnen segnen lassen solle, auch nicht von der Mutter Maria und ihrer Fürsprache, sondern allein von dem Heiland selbst, von seinen Wunden und seiner Gerechtigkeit. Unsere Werke könnten uns nicht helfen, wir würden selig werden aus Gnaden.

Wie Sonnenlicht lag es auf dem zarten Gesicht, wenn er gegangen war, und die Augen des sterbenden Kindes hingen an dem Bild des Gekreuzigten. Katharina hatte bitterlich geweint, als Maria Anna ihr sagte, dass sie sie bald verlassen müsse. Es war, als ob ein Stück Leben und Glück mit der Gespielin für sie dahinginge. Als sie sah, wie fröhlich die Sterbende war, wurde sie ruhiger, und auch ihre junge Seele reifte heran in den stillen Stunden im Krankenzimmer, doch kämpfte sie hart bei dem Gedanken ans Hergeben.

Ein klarer, sonniger Septembermorgen war's, das Laub fing eben an, sich golden zu färben, und der wilde Wein streckte die zierlichen roten Ranken ins Fenster, als wollte er das blasse Kind auf dem Lager fragen: ‚Kommst du nicht bald wieder?' Aber es achtete nicht mehr auf die Genossen. Am Lager stand einer, dessen Kleider leuchteten wie die Sonne. Er winkte dem jungen Mädchen mit der Hand, und es streckte die Arme nach ihm aus. Still und stiller wurde es im Gemach, kein Laut drang durch die geöffneten Fenster; vom Klosterturm aber klangen feierliche Glockentöne herüber, die verkündeten, dass eine Seele, von Sünde und Leid frei geworden, hinübergeeilt sei in die lichte Stadt mit den goldenen Gassen."

Nach einem Augenblick tiefen Schweigens fuhr der junge Mann fort: „Wie einsam es auf der Burg war, Hochwürden, seit Maria Anna gegangen war, kann ich Euch kaum sagen. Katharina musste wieder heim, mit tränenschweren Augen hatte sie von uns Abschied genommen, und ich hob die zarte Gestalt im Trauerkleid auf das Ross, als ihr Vater sie abholte. Noch einmal winkte sie mir Lebewohl zu, dann trabte sie neben dem stolzen Streithengst davon. Ich stand mit der Hand über den Augen und blickte in die strahlende Herbstlandschaft hinaus, bis am Waldrand ihr weißes Ross verschwand.

Auf der Burg waren Sonnenschein und Glück dahin. Mein Vater, durch Kummer und Krankheit gebeugt, war zum Greis geworden. Traurig und einsam vergingen unsere Tage. Etwa drei Wochen nach dem Tod meiner Schwester entsandte mich mein Vater auf die Burg eines seiner Lehnsvettern. Ich war zufrieden, als mein Traber am Burgtor stand, denn ein junger Mensch sehnt sich nach leidvoller Zeit danach, etwas anderes zu sehen. Auch war ich neugierig auf die gleichaltrigen Vettern unserer Sippe."

Er hielt inne, als brächte er das Kommende nicht über die Lippen. Dann raffte er sich auf und fuhr mit gepresster Stimme fort: „Ich weiß nicht, ob Euch die Kunde von dem Unglück zu Ohren gekommen ist, Hochwürden – wie ich in einer Nacht Hab und Gut verloren – und wie ich des Vaters Leiche verkohlt unter den Trümmern unseres Schlosses fand." Die Stimme versagte ihm. Liebevoll legte der Abt die Hand auf seine Schulter. Bernhardus aber nahm alle Kraft zusammen und redete weiter: „Ein Unwetter war heraufgezogen und hatte mein Erbteil vernichtet, der Blitz den Vater erschlagen. Arm zog ich aus, um mein Brot zu verdienen. In der Universitätsstadt Leipzig wollte ich die Heilkunde studieren. Was gibt's auch Besseres im Leben, als armen und kranken Menschen helfen zu dürfen. Auch hilft's einem selbst am besten über eigenes Leid hinweg.

Katharina sah ich vor der Reise nicht mehr, sie war für einige Tage zu einer Freundin nach Tangermünde gereist, als ich Herrn Heinrich und seiner Mutter Lebewohl sagte. Frau Erika sah mich mitleidig an, als ich ihr die Hand küsste und sie bat, Katharina von mir zu grüßen. Herr Heinrich wünschte mir Glück und Segen zur Wanderschaft und Studentenzeit. Mir aber war das Herz zum Zerspringen schwer

– wie konnte ich es wagen, an meine Geliebte zu denken – heimatlos, den Bettelstab in der Hand!

Die Jahre sind vergangen wie im Flug. Ich kehrte heim, ausgezeichnet mit der medizinischen Doktorwürde. Eine reiche Stelle war mir in Frankfurt am Main angeboten worden, zuvor aber zog's mich heim, die Rose von Jerichow zu pflücken. Ich durfte ja in Ehren um ein adeliges Weib werben!

So ritt ich in Jerichow ein. Mein Herz schlug laut, als ich an das Stadttor kam und zu dem Gemach der Geliebten hinaufblickte. Der Schnee lag rings auf den Türmchen und Zinnen des alten Patrizierhauses wie ein weißes Festgewand. Über dem Eingangstor hing ein Kranz aus Tannenzweigen und weißen Christrosen, die vor Weihnachten unter dem Schnee blühten.

Ich ging weiter. Aber wie einsam war das alte Haus, wo war das silberhelle Lachen des Mädchens mit den Märchenaugen?

Herrn Heinrichs Gemach war verschlossen, kein Mensch schien im Haus zu sein. Eine unsagbare Angst erfasste mich – was hatte das alles zu bedeuten? Ich ging die kleine Wendeltreppe hinauf, die zu Katharinas Gemach führte, da hörte ich leise Schritte, eine Frauenschleppe rauschte auf den Stufen und Frau Erika von Gerlach stand vor mir. Sie schien mich erwartet zu haben und streckte mir liebenswürdig beide Hände entgegen, ihr Antlitz trug einen Zug tiefen Mitleids.

‚Wo ist Katharina?', fragte ich, und als sie mir nicht gleich zu antworten vermochte, rief ich noch einmal, von Angst erfüllt: ‚Um Gottes willen, sagt mir, wo ist Katharina?'

‚Sie ist nicht daheim‘, sagte die alte Frau, und ihre Stimme zitterte, als sie fortfuhr: ‚Kommt mit mir, ich will Euch alles sagen, doch müsst Ihr Geduld mit mir haben!‘ Tränen erstickten ihre Stimme, ich führte sie in Katharinas Gemach, und sie ließ sich auf dem Fenstersitz nieder, wo wir so oft als Kinder geplaudert hatten. Als ich mich neben sie setzte, schaute ich auf, und meine Augen wanderten durch den vertrauten Raum. Da sah ich auf dem Tisch ein zartes Gewebe liegen, und als ich genauer hinblickte, erkannte ich den weißen Brautschleier und ein grünes Kränzlein dabei.

Nun wusste ich alles, lautlos sank ich neben Frau Erika auf die Knie und barg mein Haupt an ihrer Seite. Sie strich mir leise mit der Hand über das Haar, und dann hat sie mir von allem erzählt, und wie es gekommen war.

Es war ein schweres Werk für die alte Frau, mir von dem zu erzählen, was mir das Herz brach. Aber sie tat es, wenn auch mit zitternden Lippen, so doch mit festem Mut, als eine gottgegebene Pflicht. Zwei Jahre nach meinem Fortgang war ein junger thüringischer Edelmann in die Mark gekommen. Er ritt häufig nach Jerichow, und bald wusste man, warum. Herr Heinrich war mit Freuden bereit, den jungen, vornehmen und reichen Wolf Dietrich von Witzleben als seinen Schwiegersohn aufzunehmen und begrüßte den Freier mit offenen Armen. Katharina aber wollte nicht. Als der Vater mit Fragen in sie drang, sagte sie nur, sie glaube nicht, dass sie Wolf Dietrich glücklich machen werde, und ging nicht von dieser Meinung ab.

‚Nie, bis auf diesen Tag', sagte Frau Erika, ‚hatte ich meinen Sohn zornig gegen das Kind werden sehen, aber nun war er außer sich. *Auf wen wartest du denn?*, rief er in hellem Unwillen, *kein besserer Mann kann um dich armes Mädchen freien, du trägst doch nicht den Junker von Ribbeck im Herzen, das war eine Kinderliebe, und ich sagte nur deshalb nichts dazu. Er hat dich doch längst vergessen, und zudem habt ihr beide keinen roten Heller! Daraus wird nichts, und es geschieht mein Wille!*

Katharina war totenblass geworden, aber sie sagte nichts mehr, am anderen Morgen kam Wolf Dietrich von Witzleben und drückte den Brautkuss auf ihren zarten Mund.

Sie haben noch ein Jahr gewartet, die Braut war noch zu jung, und so hatte ich meinen Liebling noch ein Weilchen. Wolf Dietrich hatte eine tiefe Liebe zu ihr, und ich freute mich, dass Katharina nach und nach auflebte und ihm gegenüber zugänglicher wurde, sodass ich hoffte und glaubte, dass ihre Ehe eine gesegnete und glückliche wird. Ein halbes Jahr vor der Hochzeit starb mein Sohn nach kurzer, schwerer Krankheit. Katharina und Wolf haben bei ihm gewacht bis zuletzt, und als er sein Ende nahen fühlte, hat er die Hände auf die beiden gelegt und sie gesegnet. So war es ein stilles Hochzeitsfest, das wir gestern gefeiert haben. Am Morgen vor der Trauung kam Katharina noch einmal zu mir. Sie setzte sich auf das Bänkchen zu meinen Füßen und lehnte ihren Kopf an meine Schulter. *Großmutter!*, sagte sie.

Nun, mein Kind?, fragte ich und strich über ihr Antlitz.

Großmutter, ich möchte dir etwas sagen. Es muss mir vom Herzen herunter, bevor ich Wolf Dietrichs Gemahlin werde. Großmutter, glaubst du, dass Bernhardus noch an mich denkt? Ich hab ihn liebgehabt, seit ich ein Kind bin. Weißt du noch, wie wir in der Linde Hochzeit hielten? Da sagte er mir: Wenn ich groß bin, dann komme ich wieder und frage dich in Wahrheit, willst du dann auch Ja sagen? Das habe ich nie vergessen und hab's allzeit im Herzen bewahrt. Später war er so ernst und still und hat nie mehr etwas gesagt, nicht einmal beim Fortgehen, auch dem Vater nicht – so hab ich gedacht, er liebt mich nicht mehr, sonst hätte er doch ein Wort für mich haben müssen, ehe er auf Jahre ging.

Ich weiß, fuhr Katharina fort, *dass das, was ich tue, Sünde gegen ihn ist, Großmutter, aber ich glaube auch, ich überwinde es täglich mehr. Ich habe Wolf Dietrich das Jawort aus Gehorsam gegeben, ich habe ihn hochachten und ihm vertrauen gelernt. Wenn Bernhardus kommt und doch noch nach mir fragt, willst du ihm sagen, wie es kam ? Ach, fragte er doch nie! Der Gedanke, dass er mich für treulos hält, nagt mir am Herzen, und doch – konnte ich anders handeln? Das schnelle Ende des Vaters wäre sonst wie eine Anklage gegen mich gewesen. Ich habe es Wolf Dietrich gesagt, dass ich einen anderen geliebt habe, Großmutter, ein Geheimnis durfte ich vor ihm nicht haben.*

Und was sagte er?, fragte ich erschrocken.

Einen Augenblick sah er mich traurig an, dann nahm er mich in seine Arme, küsste mich und sagte: Ich liebe dich noch mehr um dieses Wortes willen, Katharina. Du bist edler und demütiger als ich, ich hätte dieses Bekenntnis kaum hervorgebracht.

Als sie zur Kirche gingen, lag ein Ausdruck tiefen Friedens auf ihrem Gesicht, ich werde ihn nie vergessen. Gestern Abend sind sie fortgeritten. Witzlebens Burg Hohenhaus liegt nicht weit von Tangermünde.‘

Frau Erika schwieg. Dann strich sie sanft mit der feinen Hand über meine Locken und sagte leise: ‚Wie gut, dass Ihr nicht gestern gekommen seid, Bernhardus, der Herr hat Euch und Katharina den Frieden bewahren wollen!‘

Den Frieden?

Es brauste mir durchs Herz wie ein Sturmwetter, Nacht war's um mich und in mir, und in meiner Seele hämmerte es: versäumt! Sie aber, die ich anklagen wollte – wie eine Heilige stand sie vor mir. Mir blieb nur Sorglosigkeit und Versäumnis. Wie ich aus dem Gemach kam, weiß ich nicht, ich ging an dem Brautschleier und Hochzeitskranz vorüber, die Treppe hinab, über den verschneiten Hof hinaus in die Nacht. Eisige Kälte umfing mich, und die kleinen Flocken legten sich barmherzig auf mich, als wollten sie mich schützen. Mein Weg lag vor mir, ich wollte ins Kloster, Hochwürden. Das Leben blickte mich an wie ein Novembertag. Gutes tun und Liebe üben kann man überall, erst recht ein Arzt im Mönchsgewand. Als ich in die Nähe Eurer Kapelle kam, wurde ich noch in meinem Beschluss bestärkt. Vom Turm schwebten die Klänge der Christnacht:

Das ew'ge Licht geht da herein, gibt der Welt ein'n neuen Schein! Es leucht' wohl mitten in der Nacht und uns des Lichtes Kinder macht!, tönte das Lied des Mönches von Wittenberg über die Heide. Es wunderte mich, dass Eure Mönche das Lied des Geächteten sangen, Hochwürden. Doch ich kann nicht leugnen, dass es sich wie Balsam auf mein wundes Herz legte. *Es leucht' wohl mitten in der Nacht und uns des Lichtes Kinder macht!,* hörte ich immer wieder, und wie der erste Hoffnungsstrahl nach dunklen Stürmen zog es in meine müde Seele. Der Stern des Kindes von Bethlehem steht noch hell am Himmel, das soll auch mein Trost sein in der Nacht der Anfechtung und des Verzagens." Er schwieg.

Der Abt nahm den Jüngling in die Arme, und Bernhardus weinte am Hals des alten Mannes.

„Es freut mich", sagte der Greis, „dass gerade das Lied vom ew'gen Licht Euch den Weg zu uns gezeigt hat. Ich lasse es die Brüder singen, habe ich doch Luther nie für einen Ketzer gehalten, und seit er uns das Lied gesungen hat, schätze ich ihn erst recht! Er mag in manchem irren, ich alter Mann verstehe es nicht und überlasse das Urteil über andere Menschen Gott dem Herrn – aber eins finde ich in diesen Klängen: den Glauben an den Sohn des lebendigen Gottes, unsern Herrn! Darin fühle ich mich im Geist mit Luther verbunden, und darum singen auch die Mönche von Fischbeck die Lieder des Doktors von Wittenberg."

Sie saßen noch lange beisammen, bis ein junger Mönch eintrat und dem Abt die Abendmahlzeit meldete. Er nickte ihm freundlich zu und kam nach einer Weile mit Bernhardus, der die Klostertracht von Fischbeck trug, in den Speisesaal. Der Abt machte Bruder Bernhardus mit seinen Genossen bekannt, die ihn herzlich begrüßten, dann wurde gegessen, und nach dem *Gratias* gingen alle in die kleine hellerleuchtete Klosterkirche. Zwei strahlende Christbäume brannten am Altar, und durch die bunten Scheiben blickten die verschneiten Tannenzweige verwundert nach den geschmückten Kindern des Waldes. Vor dem Bild des Gekreuzigten blühte ein Strauß Christrosen, ein Klosterbruder hatte sie unter dem Schnee gefunden und das Heiligtum damit geschmückt. Nach der Predigt erklang das *Soli deo gloria,* und als Ausgangslied zogen noch einmal die hellen Töne des Wittenberger Lobgesanges durch die Klosterkirche. Jubelnd klang es durch die stille Abtei und legte sich wie Trost aus der Höhe auf das Herz des jungen leiderfahrenen Mönches.

„Es leucht' wohl mitten in der Nacht und uns des Lichtes Kinder macht!"

Frühmorgens stand er am Fenster, als im Osten die Weihnachtssonne aufging. Sein Gesicht war ernst und bleich, aber es lag ein Ausdruck tiefen Friedens darauf. Mochte das Leben wie ein verschneiter Weg vor ihm liegen – in der Stille der Christnacht war einer bei ihm gewesen, vor dessen leuchtenden Augen alles Leid wie Morgennebel verschwindet: Der Meister war in die Zelle getreten und hatte den Frieden darin zurückgelassen, der höher ist als alle Vernunft.

Bruder Bernhardus

Der junge Mönch, dem Alexander Mathesius am Weihnachtsabend das Ordenskleid gegeben hatte, war bald der Liebling des ganzen Klosters. Er diente dem Konvent als Arzt und zog mit seiner Wissenschaft aus in die Dörfer rundherum, um arme Kranke, die mittel- und hilflos waren, zu heilen. Oft klopfte es ans Klostertor, und ein blasses Kind, dessen Mutter krank war, fragte nach Bruder Bernhardus, oder ein Wandersmann mit wunden Füßen bat den heilkundigen Mönch um ein Pflaster. Immer war er freundlich bereit, zu helfen, zu verbinden oder gleich mitzuwandern, wo es nötig war.

Wohlgelehrt, offen für alles, was um ihn her vorging, und immer bereit, mit seinem Wissen und Können anderen, ohne sich damit hervorzutun, zu dienen, bildete er bald den Mittelpunkt der Brüderschar, und als nach einigen Jahren der greise Abt die Augen schloss, wurde einstimmig Bernhardus von Ribbeck zu seinem Nachfolger gewählt. Es wurde ihm schwer, die Würde anzunehmen, waren doch fast alle Brüder älter als er, und so manches ehrwürdige Haupt mit weißem Haar war darunter. Als aber einer der ergrauten Mönche nach dem andern kam und dem jungen Genossen mit freundlichen Bitten zuredete, gab er schließlich nach und wurde im Jahr 1528, am Vorabend des Christfestes, zum Abt von Fischbeck geweiht. Es war ein feierlicher Augenblick, als der Erzbischof Albrecht von Magdeburg die Weihe vollzog und dem jungen Abt das Gelübde abnahm, vor dem Angesicht des Allerhöchsten in seinem Beruf zu wandeln. Die Augen auf das Kreuz gerichtet, trat er zum ersten Mal zum Altar, um das Hochamt zu halten. Seine erste Predigt in der Frühe des Christtages grüßte das Kind von Bethlehem. Klar drangen seine schlichten Worte in jede Seele, und als das Amen verhallt war, tönte das Lieblingslied des seligen Abtes, das seinem jungen Nachfolger zum Frieden verholfen hatte, von den Lippen der Brüder.

* * *

Dreimal hatten seit jener Feier die Mönche von Fischbeck das himmlische Kind mit dem Christpsalm Luthers gegrüßt. In die verschneite Heide hinaus war's geklungen, wie der Gesang der himmlischen Heerscharen. Die Stimme des Abtes war immer die hellste gewesen, und aus seinen Augen leuchtete der Widerschein des Sterns, der den Hirten von Bethlehem gestrahlt hatte. Fast hätte man denken können, er habe sein Leid vergessen, aber wer ihn kannte, wusste, dass er es nur an der Krippe jenes Kindes niedergelegt hatte, dessen Licht seine Seele erfüllte.

Bernhardus von Ribbeck hatte das Mädchen mit den Märchenaugen nicht vergessen, und es kamen schwere Stunden für ihn, wo er mit seinem Gott streiten wollte, dass er sie nicht im Herzen halten durfte. Aber er behütete sein Herz wie einen Juwel und ließ nichts aus noch ein, außer der hellen Gestalt dessen, der ihm in der schwersten Stunde seines Lebens den Frieden gebracht hatte, und so war und blieb das

Ende all seiner Kämpfe: „Dein Wille geschehe, wie im Himmel, so auf Erden.“

* * *

Der Frühling des Jahres 1532 war hereingebrochen, die Turteltauben gurrten in den Kronen der Heidewälder, und die Lerche verkündete dem Wandersmann immer von neuem, wie herrlich die liebe Erde war. Es war ein weiser Gedanke der Sängerin, nimmt's doch manch einer nicht wahr, wie schön die Welt für ihn geschaffen ist, geht mit verdrießlichem Gesicht durch das Jahr und hat keinen fröhlichen Blick, geschweige denn Dank für den gütigen Schöpfer.

Bernhardus von Ribbeck saß in seinem Gemach über der Chronik. Manches hatte er erlebt, manches erlitten und gelernt in den Jahren, die er als Mönch und Abt in Fischbeck verbracht hatte. Manches aber hatte auch sein Herz erfreut, und jeder dankende Blick eines Sterbenden, jedes Herz, das seine Seelsorge gestärkt hatte, jedes „Gottvergelt's, Hochwürden“ aus dem Mund eines Armen war ihm wie eine Frühlingsblume, die von der Sonne geküsst wurde. Heute blickte er in die vergilbten Blätter, während draußen die Bienen in der Klosterlinde summten. Daneben lag noch ein Büchlein, kleiner als die Klosterchronik, in violettem Samt, mit Silber beschlagen. Das war Bernhardus' eigene kleine Chronik, die Geschichte seines Lebens und seiner Liebe. Vorne drin stand in roten Lettern:

Der Frau Katharina von Witzleben
nach meinem Abscheiden zu übersenden.
Bernhardus von Ribbeck,
Abt von Fischbeck.

Es war das Vermächtnis des Mönchs an die Geliebte. Selten schrieb er etwas hinein. Nur wichtige Daten und was sonst sein und ihr Herz bewegen mochte, fanden sich in dem Büchlein verzeichnet.

Er schlug die Blätter zurück, bis auf den Tag, an dem er zum Abt geweiht wurde, und vertiefte sich in Erinnerungen.

Aus der Chronik des Abtes zu Fischbeck

Fischbeck, am Christtag Anno 1528. Gestern Abend bin ich zum Abt geweiht worden. Die ganze Schwere und Verantwortung, für so viele Seelen zu sorgen, lastet auf meinem Herzen. Bin ich doch noch sehr jung und unerfahren und zu früh zu solch hohen Ehren gekommen. Wunderbar, dass es wieder das Lied des Mönchs von Wittenberg war, das mir das Herz still machte. Die Brüder sangen es, weil sie wussten, wie sehr ich es liebe, und sie hätten mir nichts Besseres singen können. Es liegt ein wunderbarer Trost in dem Vers vom ew'gen Licht. Es zeigt uns doch klar und deutlich unser Unvermögen und die Herrlichkeit des himmlischen Kindes. Nicht wir sind es, die helle Lampen tragen – der Herr kommt zu uns und macht uns zu Kindern des Lichts.

Den 2. Februar 1529
Vor dem Altar in unserer Kapelle steht ein kleiner Sarg, mit Efeu und weißen Blüten bekränzt, darin liegt ein Mädchen mit schwarzem Haar und langen dunklen Wimpern – Frau Katharina von Witzlebens einziges Töchterchen! Sie hat den Abt von Fischbeck bitten lassen, eine Seelenmesse für ihren Liebling zu lesen – ob sie ahnt, wer ihrem Kind diesen letzten Dienst erweist? Ich glaube es kaum, sind wir Fischbecker Mönche doch ein stilles abgeschlossenes

Völkchen. Ich kann nur schwer fortgehen aus der Kapelle. Es ist mir, als sähe ich das Bild der Geliebten vor mir – ein stilles Gleichnis der Wirklichkeit, habe ich doch meine Liebe zu Grabe getragen. Ich konnte es nicht lassen, ich musste Katharinas Töchterchen küssen, einmal – nur ein einziges Mal! Aber seitdem ist es, als ob alles wieder in mir erwacht sei. Wo ist mein Stillesein und Hoffen geblieben? Herr, erbarme dich meiner!

Den 8. März 1529
Gestern, als ich im Beichtstuhl saß, kam eine verschleierte Frauengestalt in Trauergewändern in die Kapelle. Sie schlug den Schleier zurück und ich erkannte Katharina! Ich rang nach Fassung, sie aber schien mich nicht zu kennen, nur einmal sahen mich die Märchenaugen fragend an. Dann kniete sie nieder und beichtete. Wie ein Heiligenbild erschien sie mir, nicht wie ein armes sündiges Menschenkind, das am Kreuz um Gnade bittet. Und was bedrückte sie? Immer wieder der Gedanke an den, der zu spät heimgekommen war und den Hochzeitskranz im Gemach der Geliebten sah. Sie hatte den Gedanken mit Macht zurückgedrängt, sie war ihrem Gemahl ein treues Weib, ihr liebliches Kind, ihr Sonnenschein, hatte ihr geholfen, froh zu sein. „Aber", schloss sie ihre Beichte, „jetzt wankt mir der Boden unter den Füßen, Hochwürden, ich sehe die Mängel unserer Kirche. Luthers Lieder und Schriften erfüllen mein Herz, und es neigt sich in Zweifel und Hoffen der neuen Lehre zu. Mein Gemahl ahnt nichts davon. Darf ich's ihm sagen, jetzt, wo wir beide so

tief von Leid betroffen sind und ich selbst noch nicht weiß, wie Gott mich führen will?" Sie schlug die Augen, die vom Weinen gerötet waren, zu mir auf. „Verurteilt mich, Hochwürden, wenn Ihr's müsst, ich kann nicht anders!", und sie brach in Tränen aus.

„Komm an mein Herz!", rief es in meiner Seele, aber wie eine Mauer in der Stunde der Anfechtung schützte mich die Bitte des Vaterunsers, die der Herr wohl besonders für meine Schwachheit sprach: „Führe uns nicht in Versuchung!"

Der Kampf in meiner Seele hatte ausgetobt, ohne dass die bleiche Frau etwas von seinen Stürmen vernahm. Ruhig trat ich ihr als Abt und Beichtvater gegenüber und nahm ihr die Last, die sie drückte, im Namen der Kirche ab. Wohl zitterte die Hand, die auf ihrem Haupt ruhte, aber in meiner Seele hatte sich die Sturmflut gelegt, denn einer hatte den Wellen geboten, dass sie verstummten.

„Lasst Euch die Last nicht zur Sünde werden, edle Frau. Wenn Ihr sie als Anfechtung bekämpft, sündigt Ihr nicht!", sagte ich ihr beim Abschied. „Denkt nicht zu viel an die Jugendzeit zurück und nicht zu viel an das, was Ihr vor einem Monat verloren habt. Was Luthers Lehre anbetrifft und Eure Hinneigung zu ihr, so bin ich der Letzte, der Euch verurteilt. Manches Wort von ihm hat mich zum Nachdenken gebracht. Jedenfalls glaube ich nicht, dass Gott den Mann so hart richten wird am Jüngsten Tag, wie der Papst und die Kardinale es heute tun!"

Wieder blickten ihre Augen mich fragend an, dann legte sie die Hand mit dem goldenen Ehering in die meine und sagte: „Habt Dank, Hochwürden, dass

Ihr mir mit Trost und Rat beisteht; ein armes Frauenherz braucht das. Lebt wohl und betet für mich, ich bitte Euch darum – aber nicht zu den Heiligen – vergebt mir's, Hochwürden – nur zum Herrn!"

Ja, zu ihm, der dich und mich mit seinem teuren Blut reingewaschen hat von aller Sünde, bete ich Tag und Nacht, dass deine und meine Seele den Frieden finden.

Als ich Frau Katharina hinausbegleitete, wartete draußen eine Dame auf einem schwarzen Ross. Eine hohe Mädchengestalt war's, größer und stärker als Katharina. Helles goldenes Haar umgab wie ein Heiligenschein den schönen Kopf, und zwei blaue Augen sahen stolz in die Welt. Um den Mund lag ein herber Zug, als sei sie durch Leid gegangen und dabei hart geworden. Ihr schwarzes Tuchkleid aber zeigte, dass sie um einen Verwandten trauerte oder in dem Trauerhaus als Gast weilte. Frau von Witzleben stellte mir denn auch das Hoffräulein der Kurfürstin Elisabeth von Brandenburg, Sibylle Mathesius, eine Verwandte ihres Gemahls, als ihren Gast vor.

Wir wechselten noch einige Worte, dann gaben die beiden Frauen den Rossen die Sporen. Ich aber stand wie damals als Knabe und blickte dem weißen Pferd Katharinas nach, bis es am Waldrand verschwunden war.

Den 25. März 1529

Die Veilchen dufteten lieblich unter meinem Fenster, und ich ging hinaus, um die Frühlingskinder zu pflücken und sie einem schwindsüchtigen Mädchen im Dorf zu bringen. Als ich in die arme Hütte trat, kam mir Katharinas Gast entgegen. Die Jungfrau hatte einen Korb mit Erfrischungen im Auftrag der Schlossherrin für die Kranke gebracht. Die Augen des Mädchens strahlten.

Als ich kam, machte mir Sibylle bescheiden Platz und wollte gehen, doch ich bat sie zu bleiben, und so verließen wir zusammen die Hütte. Ich begleitete sie noch ein Stück heim. Der Knappe mit den Rossen folgte in einiger Entfernung. Das Mädchen sah fast noch trauriger aus als bei unserer ersten Begegnung, und ich wusste kaum, wo anzuknüpfen, schien mir doch ihre Seele wie ein verschlossenes Buch, das Leid und Jammer verbirgt. So fragte ich nach dem Nächstliegenden, ob sie mit dem Abt, Alexander Mathesius, verwandt gewesen sei.

„Ja“, erwiderte sie, „das war mein Onkel, der Bruder meines Vaters.“ Ihre Stimme zitterte, und ich fragte nach anderen Dingen. Sie erzählte mir von Frau Katharinas Mildtätigkeit, wie sie stundenlang mit ihren Mägden am Spinnrad säße und häufig mit Nahrung und Verbandszeug in die Hütten der Armen ginge. Wolf Dietrich lasse sie nehmen und geben, wo es nötig wäre und ihr Herz sie triebe, tue er doch alles, was in seinen Kräften stünde, um seinem Weib den schrecklichen Verlust ihres Kindes zu ersetzen, und sie lohne es ihm in lieblicher Dankbarkeit. „Abends, am Kamin, sitzt sie an seiner Seite“, schloss Sibylle, „und lehnt das Haupt an seine Schulter. Dann reden die zwei von der kleinen Katharina, und ich gehe hinaus, kommt es mir doch wie stille Gedenkstunde vor, die ich nicht stören darf. Aber bald ruft mich ihre helle Stimme, und dann kommt die Hausmusik an die Reihe, des Ritters allabendliches Vergnügen. Er spielt die Laute, und dazu erklingt, wie die Stimme eines Engels, Frau Katharinas Gesang. Ich musste die zweite Stimme übernehmen, sie ließen mir keine Ruhe."

Sie schwieg.

„Wie lange bleibt Ihr noch in Hohenhaus?", fragte ich.

„Meine durchlauchtigste Herrin hat mich bis zum dritten April beurlaubt – am zweiten ist der Todestag meines Vaters!", sagte sie leise. Dann reichte sie mir mit einer gewissen Hast die Hand. „Lebt wohl, Hochwürden, habt Dank für Euer Geleit!", und ehe ich ihr helfen konnte, saß sie auf dem Ross, grüßte noch einmal anmutig und ritt in den Frühlingsabend hinaus, den Weg auf das weiße Schloss zu, das wie eine Blume in der märkischen Heide lag.

Den 27. März 1529

Als ich heute bei der jungen Schwindsüchtigen war und ihr das Abendmahl reichte, erzählte mir ihre Mutter, die mich hinausbegleitete, dass Frau Katharina oder Sibylle Mathesius fast täglich mit einer Speise zu ihrer Tochter kämen. Sie nannte Frau Katharina einen Engel, und Sibylle sei sehr lieb und freundlich und denke auch mehr an andere als an sich und ihr schweres Leid. Sie erzählte mir dann, dass der Vater des Hoffräuleins, ein angesehener, gelehrter Herr aus Tangermünde, ganz plötzlich auf dem Gastmahl eines Herrn von Dornburg tot umgefallen sei, nachdem der Hausherr selbst ihm einen Trunk schweren Weines kredenzt habe. Man sagt, er habe früher um das Weib des Mathesius geworben, sie habe aber diesem dem Vorzug gegeben. Der Mord sei dem Täter nicht zu beweisen, aber jeder wisse, wer schuld sei, und kein märkischer Edelmann lasse sich seit dem Tag auf dem Schloss des Dornburgers sehen. Die Kurfürstin Elisabeth habe sich der jungen, ganz alleinstehenden Waise angenommen, und seit knapp zwei Monaten sei Sibylle Mathesius das Hoffräulein Ihrer Durchlaucht.

Nun begriff ich, was hinter den großen, halb geschlossenen Augen schlummerte – ein erschütterndes, für unsern irdischen Sinn hoffnungslos trauriges Leid, das selbst eine Menschenseele, die auf den Herrn sieht und ihm nachfolgt, in Anfechtung und sogar in die Nacht des Zweifels und Unglaubens treiben kann.

Den 23. Dezember 1529

Die Tinte scheint eingetrocknet zu sein, so lange schrieb ich nicht. Aber was kommt auch Ereignisreiches in unseren stillen Zellen vor! Der Sommer neigt sich mit seinem Duften und Blühen, wir haben die goldenen Ähren geschnitten, und fröhlich war das Erntedankfest.

Nun sind die Zweige wieder kahl und der Weihnachtschnee fällt in dichten Flocken herab. Ein grauer Tag ist's heute. Für morgen muss ich noch einen Boten an die güldene Pforte schicken und um Sonnenschein bitten lassen. Wir sehen dem ersten Christtag entgegen, da darf uns doch die Sonne nicht fehlen!

Frau Katharina ist nicht wiedergekommen. Ob sie

erfahren hat, wer der Mönch ist, bei dem sie gebeichtet hat?

Gestern Nacht träumte ich, ich trüge einen Hochzeitsstrauß an der Brust und ritt durch die Heide nach Jerichow. Eine bekannte Pforte wurde mir geöffnet, in dem stillen Jungfrauengemach des alten Hauses aber stand Katharina im Brautschmuck.

„Endlich! Endlich!“, jubelte sie an meinem Herzen, und ich küsste ihr das Glück von den Lippen. Da erwachte ich. Am Nagel hing das Mönchsgewand, der Schneesturm jagte um die kalte Zelle, der Kalender zeigte das Datum des 22. Dezembers, Frau Katharinas Hochzeitstag. Lange und bitterlich habe ich geweint. Oh, dass uns diese Träume doch erspart blieben und die Vergangenheit verschneit daläge wie die stille, weltvergessene Heide!

Den 10. Januar 1530

Die Mark kommt mir oft wie eine einsame Insel vor, die der Herrgott vergessen hat. Das Eigenartigste ist, dass ich ihm heute zum ersten Mal dafür gedankt habe, dass er uns scheinbar so links liegen lässt. Aber das hat seinen guten Grund, und zum wirklichen Vergessen kommt's bei dem, der die Lilien kleidet, nicht, wenn es sich auch nur um die armen Heidekinder der Mark handelt. Wofür wir ihm gar nicht genugsam danken können, das ist der Friede, den wir an jedem neuen Jahresanfang mit auf den Weg bekommen, während draußen im Reich allerhand Zwist und Unruhe herrschen und die Leute sich um nichts Geringeres streiten als um unsern allerheiligsten Glauben. Ganz in der Stille, nach und nach, wie zufällig, klingt ein Wort herüber, und die Heidekinder erwägen es in Ruhe, prüfen alles und behalten das Beste. Noch ist hier in der Nähe kein lutherischer Gottesdienst gehalten worden, aber man redet davon, dass Albrecht von Magdeburg der Sache ziemlich unentschlossen gegenüberstehe, während Kurfürst Joachim ihr in offener Fehde begegnet. Was uns die nächsten Jahre bringen, weiß Gott allein. Möge er nur verhüten, dass sie um seines Evangeliums willen mit Feuer und Schwert zu uns kommen!

Im Kloster wird viel von der neuen Lehre gesprochen. Unter den Brüdern ist manch klug denkender Kopf, durch fleißig errungenes Wissen bereichert. Benediktus von Alvensleben und Hans Dietrich von Quast sitzen den ganzen Tag an der Übersetzung des Neuen Testaments von Dr. Luther, die lateinische Bibel daneben, vergleichen und triumphieren, dass nichts Verkehrtes zu finden sei. Ich verbiete ihnen das Forschen nicht – mancher Abt würde sie tadeln – aber ist's Gottes Werk, kann ich sie nicht hindern, ist es Menschenwerk, so wird's bald vergehen. Auch habe ich selbst Kopf und Herz voll von diesen Gedanken.

Den 20. Juni 1530

Der Winter ist bei fleißigem Studium der Heiligen Schrift und gelehrter Bücher der Theologie und Medizin schnell vergangen. Auch habe ich den Brüdern über manches Vorlesungen gehalten – das alles hielt mich bei der Arbeit. Auch von Martin Luther haben wir einiges gelesen. Zwar gab das Anlass zu Streit und allerhand Gewissensfragen, aber sind wir denn in der Welt, um im Daunenkissen hinterm Ofen zu träumen?

Ich will gewiss keinen Zweifel hervorrufen, aber ich kann meine Anvertrauten nicht vor den Erschütterungen und Stürmen der Welt, in der sie leben, bewahren. Dann müsste ich mit Sack und Pack auf einen andern Stern ziehen, und was würde das helfen? Wenn Gott der Herr uns für sich haben wollte, würde er uns ein Halt zurufen, ehe das Schiff an dem sagenhaften Eiland angekommen wäre. Nein – standhalten heißt es in der Zeit, in der wir leben, wachen, beten und aufmerken, ob es der Herr und sein Wort ist, das uns gebracht wird.

Den 10. August 1530

Am 2. August hat Frau Katharina von Witzleben einen Sohn geboren. Das Kind ist schwach und zart und gleich getauft worden. Frau Katharinas Leben hat an einem seidenen Faden gehangen. Jetzt ist sie auf dem Weg der Genesung.

Den 1. September 1530

Gestern kam ich von Amts wegen an Schloss Hohenhaus vorüber. Mein Weg führte an dem großen Garten vorbei, dessen Ende ein Hügel bildet, auf dem eine Laube aus Geißblatt und weißen Sommerrosen steht. Wie ein Luginsland blickte sie in die Heide hinaus, und drinnen regte sich fröhliches Leben. Auf der kleinen Bank saß im weißen Sommerkleid die junge Herrin, ihr neugeborenes Kind im Arm. Als sie mich sah, flog ein Lächeln über das Gesicht der schönen Frau, sie begrüßte mich freundlich und bat mich, meinen Weg in der heißen Mittagssonne etwas zu unterbrechen und mich in der Laube auszuruhen. Ich nahm das Angebot dankbar an und setzte mich neben sie und den kleinen Schläfer. Ein zartes Kind war's, und mir ging die Frage durch den Kopf, ob Gott es ihr lange lassen werde. Sie ließ mir einen kühlen Trunk bringen, und wir sprachen über allerlei Dinge. Unterdessen staunte ich über Katharinas Schönheit. Wie eine Königin saß sie vor mir im weißen Kleid, ihren Knaben im Arm. Über einer Haube aus Goldbrokat hing ein durchsichtiger Schleier, der das dunkle Haar leicht verhüllte. Die Märchenaugen blickten wie immer träumerisch ins Leben – ein Zug sanfter Trauer lag über ihrem Antlitz, der selbst dann nicht wich, wenn sie sich über ihr Kind beugte und lächelnd mit ihm sprach.

Ich musste bald weiter, da ich einen sehr langen Heimweg hatte und sie im Kloster schon auf mich warteten. Sie bettete den Kleinen in ein Binsenkörbchen, die Gartenwiege, wie sie es nannte, und legte ihre Hand in meine, als wir Abschied nahmen. Sie schien mir noch etwas sagen zu wollen, leise bewegte sie ihre Lippen, und sie legte die Linke über die Augen.

„Hochwürden", begann sie, „ich muss Euch noch etwas sagen, ich habe Euch gegenüber etwas auf dem Herzen, was mich schon lange drückt. Ihr werdet mich für undankbar halten, dass ich nicht wieder zu Euch kam, seit Ihr mir so freundlich geholfen und meinem Kind den letzten Dienst erwiesen habt. Es sieht manches im Leben anders aus, als es in Wahrheit ist, aber dass Ihr mich für undankbar haltet, ertrage ich nicht. Lasst es mich Euch frei bekennen: Ich darf nicht wieder zu Euch kommen!"

Sie rang nach Fassung und ihre Gestalt bebte.

„Ich darf nicht!", sprach sie kaum hörbar. „Ich weiß Euren Namen! Solange ich nicht wusste, wer Ihr seid, kam ich ruhigen Herzens – nun ist's unmöglich, Ihr werdet es selbst einsehen und mitfühlen."

Ich blickte traurig in ihr totenblasses Gesicht.

„Vergebt mir diese Beichte. Hätte ich schweigen sollen?", fragte sie tonlos nach einer Pause.

„Nein", sagte ich, „es ist besser, wir wissen beide, wer wir sind – es war groß und tapfer von Euch, edle Frau, und Ihr habt recht. Hättet Ihr meinen Namen nicht gehört, wäre ich Euch vielleicht fremd geblieben, ich selbst zumindest hätte nichts gesagt, wollte ich doch Euren Frieden nicht stören, und Ihr hättet mich wohl kaum erkannt?"

„Ich war unsicher, bis ich in Eure Augen sah, da wusste ich, wem ich gebeichtet hatte", sagte sie leise. „Könnt Ihr mir vergeben?"

„Ich Euch vergeben?", rief ich aus. „Bin ich's nicht, dem diese Bitte noch immer auf der Seele lastet? Vergebt Ihr mir!"

Sie reichte mir unter Tränen die Hände, die Märchenaugen sahen mich mit einem Ausdruck unbeschreiblicher Trauer an, und ihre Lippen flüsterten: „Bernhardus!"

Einen kurzen Augenblick senkten sich unsere Blicke ineinander, dann sagte sie fest: „Lebt wohl, Gott behüte Euch! Ich sehe Euch nie wieder allein, nur heute musste ich es, ich konnte nicht länger schweigen."

„Lebt wohl, Frau Katharina", sagte ich und küsste ihre Hand. „Der Herr lenke Eure und meine Schritte zum Frieden!"

Dann ging ich, einsamer denn je, in mein stilles Heidekloster zurück.

Den 1. Juni 1531
Es bricht mir fast das Herz – wieder steht ein kleiner Sarg aus Schloss Hohenhaus in unserer Kapelle, und die junge Herrin ist nun zum zweiten Mal kinderlos. Arme Katharina! Könnte ich doch nur noch einmal zu dir kommen und dir die Tränen von den Augen wischen! Aber so? Wie eine Mauer steht dein Hochzeitstag zwischen uns, und dein Wort: „Ich sehe Euch nie wieder allein!"

Du bist eine Heilige! Ich trage das Ordenskleid, aber lernen könnte ich von dir bis zum Ende meiner Tage.

Den 3. Juli 1531
Martin Luthers Worte und Schriften klopfen immer mächtiger an Häuser und Herzen. Das stille Heidekloster gleicht einem geistigen Wasserplatz, voll von Streit und Hader, Auseinanderrennen und Widerspruch, denn dreißig Köpfe sind unmöglich unter einen Hut zu bringen. Dieser redet begeistert für Luther, jener rührt seine Schriften nicht an und schwört auf Roms Fahnen, ein Dritter verbringt in Schwermut und Zweifel seine Tage.

Zwei haben das Mönchsgewand abgelegt: junge hochbegabte Gesellen waren es, sie haben Luthers Lehre als richtig erkannt und sich zu ihr bekannt.

Weinend nahmen sie dann Abschied von mir und baten mich, sie nicht für undankbar zu halten. Dann zogen sie nach Wittenberg.

So sieht's im Kloster Fischbeck aus, und was das Schlimmste ist – das Herz dessen, der alle leiten und stärken sollte, ist voll banger Zweifel und Anfechtung. Ich weiß nicht, ob ich die Kutte noch lange tragen kann und darf, denn es sind tiefe Zweifel in meiner Seele über die Reinheit der römischen Kirche, über die Lauterkeit ihres Bekenntnisses, über ihre Gerechtigkeit aufgestiegen.

„Allein durch den Glauben! Aus Gnaden selig!", sagt Luther aufgrund der Schrift – aber das wollen sie nicht gelten lassen, und der verfluchte Ablasskram überschwemmt unser Land, damit die arme Seele aus dem Fegefeuer springt, in Wahrheit aber, dass der heilige Vater den Säckel immer voll hat.

Aber was wettere ich hier in meinen stillen vier Wänden, wo es niemand hört? Auf Wittenbergs Lehrstuhl, da predigt der geistvolle Mann, dessen donnerndes Bekenntnis Roms Herrlichkeit schon lange ins Wanken gebracht hat. Wenn andere schweigen würden, wenn er redet, würde uns manches Unheil erspart bleiben.

Den 13. August 1531

Sibylle Mathesius ist auf Schloss Hohenhaus. Gestern kam sie und brachte Eingemachtes für ein krankes Bübchen ins Dorf. Frau Katharina kam nicht mit. Ich traf Sibylle, als sie heimreiten wollte, und begleitete sie, wie damals, ein Stück durch die Kiefern. Die Morgensonne schien freundlich durch das dichte Nadelholz und küsste mit ihren heißen Strahlen das goldene Haar des Mädchens. Ihr Gesicht war noch sehr ernst, war das Elisabeth von Brandenburgs oder Luthers Verdienst, der viel Zeit bei der hohen Frau in Lichtenberg verbrachte?

Sie erzählte mir, dass Katharina seit dem Tod ihres Sohnes krank sei, und dass Wolf Dietrich sich gar nicht trösten könne. Das mache das Herz seines Weibes noch trauriger. Schloss Hohenhaus habe schon lange keinen frohen Tag mehr gesehen.

„Und wie geht es Euch?“, fragte ich, als Sibylle ihren Bericht schloss.

„Ich danke Euch, Hochwürden“, sagte sie, „es geht mir gut. Gibt es doch keinen Menschen auf der Welt, bei dem es mir so gefällt wie bei meiner durchlauchtigsten Herrin, ausgenommen Dr. Luther!“, setzte sie fröhlich hinzu. „Wenn man ein Leid erlebt hat, so plötzlich und grauenvoll wie ich, dann ist es ein Wunder Gottes, wenn er einen armen Menschen, der an seiner Liebe zweifeln und an seiner Gnade verzagen will, wieder froh macht und ihm wieder glauben hilft. Noch wunderbarer aber ist es, wenn er Menschen als seine Werkzeuge dazu braucht. Die Kurfürstin und Luther haben schon manches zustande gebracht, aber hierin haben sie etwas Besonderes geleistet, ob sie nur getan, was sie gemusst und gesollt haben – im Grunde hat es der Herr getan!“

So klang die Lobrede auf den Wittenberger Doktor und die kurfürstliche Frau in die Heide hinaus.

„Bleibt Ihr noch lange in der Mark?“, fragte ich die Jungfrau beim Abschied.

„Nein, Hochwürden“, lautete die Antwort, und

der alte Zug von Trotz und Schmerz kam wieder zum Vorschein, „ich komme nur in die Mark, um Katharina zu sehen! Weiter habe ich hier nichts mehr zu tun", setzte sie weicher hinzu, und die blauen Augen sahen schwermütig ins Land. „Lebt wohl", rief sie dann und neigte das blonde Haupt mit dem großen schwarzen Federhut, „lebt wohl, Hochwürden, ich wollte, ich sähe Euch noch einmal wieder. Dann aber nicht als Kuttenträger, sondern als Luthers Anhänger – als einen ebenso verfluchten Ketzer, wie ich es bin!", fügte sie übermütig hinzu.

Ein letztes Grüßen, und ihr Traber flog zwischen den grauen Stämmen auf dem moosigen Boden durch den sonnendurchglänzten schweigenden Wald.

Den 30. November 1531

Gestern war ich in Jerichow, um die alte Frau Gerlach, Katharinas Großmutter, zu besuchen, fand sie aber nicht. Ein Bürger des Städtchens sagte mir, sie sei im August mit dem Hoffräulein der Kurfürstin nach Lichtenberg gereist, um Elisabeth, mit der sie als Mädchen befreundet war, wiederzusehen. Es scheine fast, als bleibe sie ganz dort, da sie einen großen Teil ihres Hausrats habe nachkommen lassen und das alte Haus immer noch verschlossen sei. So kehrte ich um.

Die Linde im Garten der Geliebten trug das weiße Adventsgewand und streute mir, als ich vorüberkam, einige silberne Flocken in die Kutte, als erkenne sie den Knaben wieder, der die kleine Königin geliebt hatte. Von dem alten Kirchturm grüßten die Glocken, und droben vom Chor drang festlicher Gesang von Knaben- und Mädchenstimmen in den Winterabend hinaus. „Hosianna dem Sohne Davids!“ Immer wieder jubelten die hellen Stimmen das Lied, damit es morgen am ersten heiligen Advent fröhlich erklingen möge. Die Flocken rieselten sacht herab, wie lichte Adventssterne grüßten sie die arme Erde, die so voll Leid und Tränen ist. Doch heute musste sie froh und hell werden, die kleinen Flocken sorgten für das weiße Kleid, und morgen früh würde ganz sicher die Sonne kommen. Dann könnte sie in strahlender Herrlichkeit den König der Ehren grüßen.

Der Mann in der Kutte wusste auch davon zu erzählen, obwohl auch sein Herz leiderfahren war – aber er hatte schon oft Advent gefeiert, und in seiner Seele jubelte es auch heute: „Siehe, dein König kommt zu dir!“

Den 2. Februar 1532

Das Jahr hat mit heftigem Schneetreiben begonnen. Ende Januar lagen hohe Schanzen um das alte Fischbeck, dass man uns herausschaufeln musste. Jetzt sind die Wege wieder frei, aber ein grimmiger Frost umfasst die Erde wie mit eisernen Armen. Bitter ist's für das arme Volk, für die Fahrenden und das Wild in den Fluren. Wir wandern täglich mit Lebensmitteln für Menschen und Tiere hinaus, und doch haben wir oft den Kummer, dass uns ein Erfrorener gebracht wird, von den armen Rehen mit wunden Füßen noch gar nicht zu reden.

Drinnen wogt immer noch der Kampf mit dem Feldgeschrei: „Hie Rom! Hie Wittenberg!“

Gestern kam eine Schar in mein Gemach und

drängte mich, das Abendmahl in verschiedener Weise auszuteilen. Ich erklärte ihnen, das sei schier unmöglich – als Abt eines katholischen Mönchsklosters hätte ich meinem Eid gemäß zu leben oder das Ordenskleid abzulegen. Daraufhin gingen sie schweigend hinaus. Ein junger Mönch küsste meine Hand und bat: „Hochwürden, vergebt uns, wenn wir Euch das Leben schwermachen, doch für uns ist es auch nicht leicht, und wir sollen uns an Euch halten."

Das Herz tat mir bei diesen Worten weh, aber konnte ich anders handeln?

Herr Gott, lass endlich die Sonne der Gerechtigkeit leuchten, auch über dem einsamen Kloster der Heide, dass aller Streit vor ihren goldenen Strahlen wie Morgennebel zerrinnt!

Den 10. September 1532
Lange schrieb ich nicht – seid mir nicht böse, Frau Katharina, dass die Chronik nicht umfangreicher wird, doch das Bild eines Mannes voller Zweifel und bitterer Kämpfe im Herzen kann dich nicht freuen. Könnte ich doch allen Sonnenschein der Welt über deinen blütenlosen Wegen aufgehen lassen – Gott weiß, wie gern ich's täte! Aber bei uns gibt's höchstens ein duftloses Heidesträußlein, in kalter nordischer Sonne gewachsen, und die Seele ist voll Angst und Furcht, wie am Ende der Zeiten.

Zu den Heiligen bete ich schon lange nicht mehr – was soll es, arme, doch auch nur durch Christi Blut begnadigte Sünder um Hilfe anzurufen, anstatt gleich zu *ihm* zu gehen, der die Versöhnung ist für unsere Schuld! Ich liege längst unter dem Kreuz, aber es ist mir noch, als hinge ein Schleier vor meinen Augen, und ich kann sein Bild noch nicht voll erkennen. Und wenn ich eben meine, ich umfasse ihn ganz, so höre ich die Heiligen von Verdienst und gutem Werk reden, und die reine Gottesmutter blickt mitleidig auf mich herab. O, es ist mir wohl bewusst, wenn's nach meinem Verdienst geht, so hat's ein Ende mit der Hoffnung ewigen Lebens. Und wiederum blicke ich empor zu ihm, dessen Blut das einzige Sühneopfer ist, das für die Sünde so vieler vergossen wurde – warum nicht auch für mich? Warum soll ich aus Verdienst, aus eigener Kraft selig werden, wo so viel Starke unterm Kreuz gekniet und Barmherzigkeit verlangt haben!? Aber – viele sind berufen, wenige auserwählt! Das ist das Wort, das mir im Herzen brennt und meine Seele zermartert, als läge ich unter des Teufels Hand. Hat sich die ganze Hölle gegen mich verschworen? Sind ihre Giftpfeile mächtiger als Christi Blut? Ich kann und will's nicht glauben, denn dann bin ich verloren!

Heißt es doch: „Auf dass alle, die an ihn glauben, nicht verloren werden!“ Daran halte ich mich. Zwar fühle ich mich wie ein Versinkender, doch im Meer steht ein Felsen und ein Kreuz darauf, das strahlt in Sturm und Wetter, wie der Leuchtturm den verirrten Schiffern der See. Und wer diesen Felsen ergreift und das Kreuz umklammert hält, der hat Ruhe und Frieden, wenn auch die Wogen brausen, der Herr ist noch größer in der Höhe!

Den 20. Oktober 1532
Von den Bäumen fallen jetzt die Blätter. Die Zugvögel sind fort, und schauernd zittern die kahlen Zweige in rauer Luft.

Wie ein Spätherbsttag liegt das Leben vor mir, und mein Herz ist einsamer denn je. Frau Katharina sah ich nicht mehr. Vielleicht ist es die Trauer, die sie in ihrer Einsamkeit festhält.

Die Zahl der Klosterbrüder hat sich vermindert. Einer nach dem anderen zieht hinaus, um Freiheit in Wittenberg zu suchen. Nur die Alten bleiben. „Mit weißem Haar ist ein Wechsel beschwerlich und zum Seligwerden nicht mehr vonnöten", meinte der Pförtner, als kürzlich drei Brüder das Klosterkleid ablegten und Fischbeck verließen. Der Herr lasse den treuen Alten in Frieden in seinem Glauben. Wer in unserer Kirche das Heil gefunden hat und ohne Kampf und Zweifel seine Straße ziehen kann, der wird meines Erachtens sicher selig. Wie oft sehne ich die Zeit zurück, als ihr Wort mir Wahrheit war, als kein Zweifel an der Botschaft Roms in meiner Seele lebte! Wie anders steht's heute um mich: Mit offenen Augen sehe ich die Sünden der Diener der Kirche und das Lügengewebe ihrer Heuchelei. Mit offenen Augen sehe ich meine Sünde, die meine Seele in eiserner Knechtschaft hält und ihr den Weg zu dem verbaut, den sie mit Sehnsucht sucht. Und mit offenen Augen sehe ich, dass der Frieden allein unter dem Kreuz wohnt. Dem Herrn selber muss ich nahen dürfen ohne fremde Fürsprache und Fürbitte, auch wenn ich in Buße und Reue vor ihn hintreten muss und er nichts Gutes an mir findet. Er, der dem

Schächer am Kreuz das Paradies verheißen hat, muss auch mich erlösen. Aus Gnade.

Wenn auch die ganze Welt den Mönch zu Wittenberg schmäht, er hat dennoch recht. Und wenn nur *eine* Seele durch seine Botschaft den Frieden fände, er hat das Licht des Evangeliums wieder auf den Leuchter gestellt.

Den 13. November 1532
Ob die Zeit der Kämpfe auf Erden ein Ende nimmt? Ich glaube es nicht. Lange hab ich gestritten und gerungen um das höchste Gut. Viel länger und härter, als du es weißt, Katharina. Auch wenn ich sonst des Schreibens und Erzählens nicht unkundig bin – vom Kampf meines Herzens zu reden, fällt mir unendlich schwer. Deshalb habe ich auch der Chronik nur einen geringen Teil meiner Sorgen anvertraut. Vergib, Geliebte! Doch was den Menschen am tiefsten bewegt, das bleibt zwischen der Seele und ihrem Gott allein. Zudem fürchte ich, meine Zweifel könnten auch dein Herz bange machen.

So leb denn wohl! Was gäbe ich darum, könnte ich dir das Evangelium bringen, fröhlichen Herzens, in lebendigem Glauben. Oft denke ich, ich müsste meine Gelübde brechen, dann aber tritt Rom mir mit seiner Werkgerechtigkeit entgegen und droht mit ewigem Verderben, wenn ich den Schoß der Kirche verließe. So steht's um mich. Bis ich klarer sehe, schließe ich dieses Buch, dass dein und mein Friede bewahrt bleibe.

Den 8. Dezember 1532
Gott sei gelobt! Ich bin frei! In Wittenberg bin ich gewesen, dreimal hintereinander, und habe in der Schlosskirche gesessen und den Gottesmann predigen gehört und die Welt ringsum vergessen! Vergessen mein Leid, das harte, das mein Leben einsam gemacht hat, vergessen, dass ich Mönch und Abt eines katholischen Klosters bin, vergessen alles, was um mich her vorging.

Und eins habe ich gelernt, erfahren, im innersten Herzen lebendig erfasst, um es ewig zu behalten: dass Jesus Christus, der mich verlorenen und verdammten Menschen erlöst hat, erworben, gewonnen von allen Sünden, vom Tod und von der Gewalt des Teufels, mein Herr ist. Das war's, was mich zurückgehalten hat in Ängsten und Zweifeln, dass ich den Jammer meiner eigenen Sünde noch nicht als die erdrückende Last, als die Schuld ohnegleichen empfand, dass ich noch nicht zerbrochen vor ihm im Staub lag, als ein ganz armer Sünder, ohne eigene Gerechtigkeit, Tugend und Verdienst. Es konnte ja nicht anders sein, ich musste ja auf diese Weise in Not und Zweifel geraten. Gott sei gelobt, der mich in meiner Angst hierher getrieben hat! Der Strick ist los, die Ketten gesprengt, und meine Seele weiß, dass sie Flügel hat, die sie einst hinauftragen werden zu ihm, der sie mit seinem Blut freigemacht hat.

Dr. Luther habe ich in seinen eigenen vier Wänden gegrüßt und ihm beim Abschied die Hände gedrückt in tiefem Dank. Daheim aber habe ich auf meinen Knien gelegen und nicht aufgehört mit Loben und Danken, denn in meiner Seele war der Bann gebrochen:

„Mache dich auf und werde licht, denn dein Licht kommt, und die Herrlichkeit des Herrn geht auf über dir!“

Um des Bekenntnisses willen

Vollmondschimmer lag über der märkischen Heide. Baum und Strauch standen in weißem Schmuck, und von den Türmen des Klosters schwebten die festlichen Töne, die das Nahen der Heiligen Nacht verkündeten.

Im Kirchlein war alles hell, die Christbäume brannten, und am Altar strahlten die Kerzen über den Goldgefäßen des Altarsakramentes. Die Schar der Mönche saß in den eichenen Kirchenstühlen, lauter ernste, tief traurige Gesichter waren es, die da zusammengekommen waren zur Christvesper, nur wenige unter ihnen trugen den Ausdruck der Freude über das Geheimnis der Weihnacht, und manche Augen blickten tränenschwer in die strahlende Helle des Altars. Es war, als würden sie einen geliebten Toten zur Ruhe tragen, und doch waren sie gekommen, um das Kind von Bethlehem zu grüßen.

Die hohe Gestalt des Abtes trat in den Altarraum. Auch sein Antlitz war bleich und trug den Stempel schwerer seelischer Stürme. Nach dem liturgischen Gottesdienst bestieg er die Kanzel und verlas den Text, die Epistel des Heiligen Christtages aus Jesaia 9: „Das Volk, das im Finstern wandelt, sieht ein großes Licht“, und hielt seiner kleinen Gemeinde eine Predigt, die klar war, erfüllt vom Heiligen Geist, und doch voller Ernst die Lage der gewaltigen Zeit erfasste. Sie wussten es alle an diesem Abend, dass es Weihnacht war auf Erden, und Friede legte es sich auf die traurigen Herzen der Brüder. Aber schon bald wurde das Leid wieder aufgerührt. Am Schluss seiner Predigt wandte sich Bernhardus von Ribbeck noch einmal an seine Gemeinde und sprach: „Ihr wisst, geliebte Brüder, dass ich euch heute Abend verlassen werde. Es bricht mir fast das Herz, aber der Herr führt mich diesen Weg, und ich muss ihn gehen. Ich kann dieses Kleid vor Gott und Menschen nicht mehr mit reinem Gewissen tragen, weil ich ein Bekenner der neuen Lehre geworden bin.

Ihr wisst, wie lieb ich euch alle gewonnen habe, und wie ich jeden von euch im Gebet getragen habe, wie ich euch alle kenne mit euren Sünden und Schwächen, mit dem Guten, das der Herr euch gab. Ich habe das Wort Gottes in eure Herzen gepflanzt, habe über den jungen Pflanzen gewacht, und der Herr schenkte das Gedeihen. So habt nun acht auf eure Herzen, haltet, was ihr habt, dass niemand eure Krone nehme! Prüft alles, was an eure Tür kommt, und das Beste behaltet. Prüft auch die neue Lehre, wacht im Gebet vor Gott, dass er euch den rechten Weg zeigt. Und der Hirte eurer Seele geleite euch und führe euch durch das Land der Sünde und des Todes zum Frieden.

Er ist mitten unter uns, wir huldigen dem neugeborenen Königskind in der Krippe, und in seinem Sakrament kommt er zu uns.

So befehle ich euch dem Herrn, der euch erwählt hat zu Kindern des Lichts, dass ihr empfangt das ewige Erbe, dass er euch stärke und gründe. Und die

Gnade unseres Herrn Jesu Christi, die Liebe Gottes und die Gemeinschaft des Heiligen Geistes sei und bleibe mit euch allen. Amen."

Verhaltenes Schluchzen klang durch die Kapelle, als der Abt zum letzten Mal an den Altar trat, um die Feier des Heiligen Abendmahls zu halten. Dann wurde es still, und die Orgel spielte ein altes Sakramentslied.

Es war eine erhebende Feier, die die kleine Schar im Augenblick des schmerzlichen Abschieds mit ihrem Herrn und untereinander verband.

Der Segen war gesprochen, der letzte Ton verhallt, Bernhardus von Ribbeck verließ zum letzten Mal als Abt das Gotteshaus. Draußen warteten sie auf ihn, fielen ihm zum Abschied weinend um den Hals und küssten ihn. Durch den verschneiten Garten geleiteten sie ihn, nicht weiter, er hatte es so gewollt. Ein letzter Händedruck, ein letztes Grüßen, und die Mönche von Ribbeck kehrten hirtenlos in das verlassene Kloster zurück.

Über die Heide aber zog schweren Herzens ein einsamer Mann. Immer wieder stand er still und blickte zu den alten Mauern zurück. Da kam es wie leises Klingen und Flöten herübergeschwebt, setzte voll und klar ein, und durch die stille Nacht zogen die Klänge des Lutherliedes:

„Das ew'ge Licht geht da herein, gibt der Welt ein'n neuen Schein! Es leucht' wohl mitten in der Nacht und uns des Lichtes Kinder macht!"

Es war der Abschiedsgruß der Mönche. Er stand und lauschte in die Nacht hinaus. Wie Balsam hatten sich diese Worte schon so oft auf sein Herz gelegt, wenn es ermüden wollte, heute waren sie ihm eine unaussprechliche Erquickung.

„Das hat er alles uns getan, sein groß' Lieb zu zeigen an; des freu' sich alle Christenheit und dank' ihm das in Ewigkeit!", jubelten sie weiter. Dann wurde es still, die Lichter im Turm erloschen, und er sah sie im Geist herabsteigen, um in ihren Zellen für den Scheidenden zu beten. Nun wurde auch seine Seele stille, er kannte die Leuchte seiner Füße und wusste, dass er in ihrem Licht sichere Tritte tun werde. Vertrauend blickte er hinauf, und seine Lippen flüsterten: „Vater unser, der du bist im Himmel!" Dann wanderte er weiter durch den Schnee, in der Richtung, wo sich fern am Nachthimmel ein heller Schein über dem alten Wittenberg erhob.

Bei der kurfürstlichen Frau

Es war ein kalter Wintertag im Jahr 1533. Strahlend ging die Sonne auf und beleuchtete Bäume und Sträucher, dass sie aussahen, als hätten die Engel sie über Nacht mit Juwelen bestreut. Von den Türmen und Zinnen des alten Schlosses zu Lichtenberg hingen lange kristallhelle Eiszapfen, die breiten Dächer leuchteten im Schneegewand, und der Wetterhahn oben auf der Spitze der Burgkapelle hatte sich eine weiße Kapuze zum Schutz gegen die Stürme des Winters aufgesetzt. Drinnen brannten die mächtigen Holzscheite im Kamin, und die Kienäpfel knisterten in der Glut. Rosen und Veilchen blühten, den Eisblumen zum Trotz, am Fenster und sandten ihren süßen Duft durch den behaglichen Raum.

Am Fenster, an einem eingelegten Tisch saß Elisabeth von Brandenburg und schrieb. Man sah der Kurfürstin weder ihre achtundvierzig Jahre noch das in ihrer Ehe mit Joachim erlebte Leid an, von solcher Schönheit war sie. Die edlen Züge belebten ein Paar strahlende Augen, aus denen jene Fröhlichkeit leuchtete, die man so oft gerade bei leiderfahrenen Menschen findet, wenn sie im Glauben Zuflucht und Frieden fanden. Ihre vornehme Gestalt umschloss ein schwarzes Samtgewand, im lockigen Haar trug sie eine mit Pelz besetzte Haube aus Goldbrokat.

Vor bald fünf Jahren hatte sie Schloss Lichtenberg bezogen. Im März 1528 hatte sie in Abwesenheit ihres Gemahls das Abendmahl in beiderlei Gestalt genommen, aber, so geheim die Sache auch gehalten worden war, Joachim hatte bei seiner Rückkehr davon erfahren, und sein Zorn entbrannte aufs heftigste gegen sie. Er überhäufte Elisabeth mit Vorwürfen und drohte ihr mit Kerker, ja, mit Einmauerung. So musste sie, von seinem Zorn das Schlimmste befürchtend, aus Berlin fliehen. Auf einem Leiterwagen, nur von einer Dienerin und dem Türhüter Joachim von Götz begleitet, verließ sie in Bauerntracht in der Nacht vom 25. zum 26. März die Stadt und eilte der sächsischen Grenze zu. Dort erwartete sie ihr Bruder und brachte sie nach Torgau. Von da aus ließ sie den Kurfürsten Johann, soweit ihm dies keine Gefahr brachte, um Schutz bitten, und er wies ihr in Lichtenberg, unweit Dommitsch an der Elbe, eine Zufluchtsstätte zu.

Joachim ergriff keine Gewaltmaßnahmen, seine Gemahlin zurückzuerlangen. Er beklagte sich nur bei dem Kaiser auf dem Reichstag von 1530 zu Augsburg darüber. Die Trennung war ihm im Grunde wohl nicht unlieb. Später erlaubte er seinen Kindern, ihre Mutter öfter zu besuchen.

In stiller Zurückgezogenheit lebte die Kurfürstin in Lichtenberg, und mit ihrer Demut und Frömmigkeit gewann sie bald alle Herzen. Mit Luther innig befreundet, zog sie ihn viel an ihren Hof und verlebte selbst einmal drei Monate in seinem Haus in Wittenberg. Armen und Bedrängten half sie, so viel sie es vermochte. Als käme ein Engel herein, leuchteten die Augen der Kranken, wenn sie in die niedrigen Hütten trat, ein Hoffräulein mit Arznei und

Lebensmitteln neben sich. Zu den Edelfrauen ihres engeren Umfelds gehörte Frau Erika von Gerlach, die seit etlichen Jahren das einsame Haus an der Stadtmauer von Jerichow verlassen und sich in Lichtenberg angesiedelt hatte. Sie war viel älter als Elisabeth, aber sie hatten in der Jugend zusammen gespielt, und Elisabeth hatte immer eine große Liebe für die fromme Frau gehabt.

Heute schrieb sie ihr, mit der Bitte, im Laufe des Vormittags zu ihr zu kommen, sie habe ihr etwas Wichtiges mitzuteilen. Der Bote ging, und nach einer halben Stunde saß die Edelfrau neben der Kurfürstin. Letztere hielt einen Brief in der Hand.

„Ich habe leider keine guten Nachrichten aus der Altmark von Eurer Enkeltochter, liebe Frau von Gerlach", sagte sie nach herzlicher Begrüßung zu der Vertrauten. „Sie selbst wünscht, Euch ihren Kummer zu verbergen, aber ich halte es nicht für recht, Mitwissende zu sein, ohne Euch ein Bild von der Lage der Dinge zu geben. Katharina Witzleben ist sehr in Sorge um ihren Gemahl, der seit einiger Zeit – ich muss es Euch sagen – in schlechte Hände geraten ist."

Die alte Frau wurde totenbleich. „Um Gottes willen, Durchlaucht, in wessen Hände!?"

„In die Hände eines gewissen Dornburg", sagte Elisabeth, „des Mörders von Sibylle Mathesius' Vater!", setzte sie leise hinzu.

Frau Erika stöhnte: „Dann ist er verloren, wenn Gott nicht ein Wunder tut. Meine arme Katharina!"

„Sie reiten von einem Gelage zum anderen und kommen um Mitternacht betrunken heim, der Dornburger immer dabei", fuhr die hohe Frau traurig fort, „und was das Schlimmste ist, Witzleben achtet nicht auf die Bitten seines sonst so über alles geliebten Weibes! Katharina bittet mich, ihr Sibylle für kurze Zeit zum Trost zu überlassen, sie wüsste sonst niemand, der ihr beistehen könnte. Ich bin natürlich mit Freuden bereit, nur weiß ich nicht, ob ich ein junges Mädchen in das Schloss zu den rauen Gesellen senden darf, wenngleich Sibylle das Haupt hoch trägt und so leicht keiner es wagt, ihr zu nahen."

„Sendet sie hin, Durchlaucht, um Gottes willen tut es!", flehte die alte Edelfrau, die die Tränen kaum zurückhalten konnte. „Wenn ich zur Winterzeit reisen könnte, sofort ginge ich, doch ich bin zu alt und schwach, um in der Kälte die lange Fahrt zu machen. Sibylle hat ein starkes Herz, und Ihr sollt sehen, so schwer dieser Gang für sie ist, sie geht ihn mit Freuden für Katharina."

„Dr. Luther schreibt mir dasselbe auf meine Anfrage", sagte die Kurfürstin, „und mein Herz sendet sie hin, das wisst Ihr. Mein einziger Gedanke war nur der: Darf ich ein Mädchen in so ein Haus senden? Sieht sie nicht dort ein Unglück mit an, was Gott der Herr ihr vielleicht verbergen will, aber mein Übereifer stößt sie geradewegs hinein? Dazu kommt: Es ist der Mörder ihres Vaters, mit dem sie, wenn auch nicht selbst zusammentreffen, so doch voraussichtlich unter einem Dach wohnen wird. Bedenkt, Frau Erika, was für Folgen das für Herz und Gemüt haben kann. Ich lade eine große Verantwortung auf mich, wenn ich das Mädchen nach Hohenhaus schicke, kenne ich ihr Herz doch immer noch nicht ganz. Sibylle ist mir ein Rätsel, wie ihre dunklen Augen!“

„Schickt sie hin, Durchlaucht“, bat Frau Erika wieder, „und haltet mich nicht für selbstsüchtig. Ich kenne Sibylles großes starkes Herz und ihre tiefe Liebe für mein Enkelkind. Wäre sie weniger stolz und kühl gegen die Außenwelt, ich würde nie wagen, Euch darum zu bitten, aber ich bin gewiss, sie wird Katharina eine starke Stütze sein und selbst keinen Schaden nehmen.“

„So sei es denn mit Gott gewagt!“, sagte Elisabeth; „wenn ihr beiden alten Getreuen es mir ratet, kann ich unmöglich Nein sagen. Sibylle kann bleiben, solange es nötig ist. Esther Sophie von Alvensleben ist bei mir, und im Grunde sind zwei Hoffräulein ein arger Aufwand für mich!“, setzte sie lächelnd hinzu.

Frau Erika küsste die Hand der schönen Frau. „Wenn Ihr Esther Sophie auch beurlauben wollt, darf ich dann eintreten?“, fragte sie. „Die Gerlachs und Witzlebens sind sehr in Eurer Schuld, Durchlaucht!“

„Ja, dann kommt Ihr, und wir halten zusammen Haus!“, erwiderte sie fröhlich. „Wir werden uns schon vertragen. Heute Nachmittag sende ich Sibylle zu Euch, damit sie sich Eure Grüße für Katharina Witzleben selber holen kann.“

Sie standen auf, und Frau Erika nahm Abschied von der Kurfürstin. Als sie gegangen war, blickte diese einen Augenblick sinnend hinaus in den schimmernden Garten. „Habe ich es richtig gemacht?“, flüsterte sie, „Herr, führe du diese Sache!“

Dann stand sie auf und öffnete die Tür; ein Edelknabe erhob sich draußen.

„Die Hofjungfer Fräulein Sibylle Mathesius soll in mein Gemach kommen!“, befahl sie.

Er ging, und nach wenigen Augenblicken ließ sich ein leichter Schritt auf der Treppe hören, ein leises Klopfen folgte, und gleich darauf verneigte sich das Hoffräulein vor der Kurfürstin. Sibylle war heute fast noch schöner als in der düsteren Trauerkleidung, die sie einst in Hohenhaus getragen hatte. Das grüne, mit Zobel besetzte Samtgewand kleidete die vornehme Gestalt besonders gut. Das goldene Haar war in zwei dicke Zöpfe geflochten und um das Haupt gesteckt, das ein Häubchen von hellblauem Samt bedeckte. Die weiße Batistkrause am Hals war von einer Perlenschnur zusammengehalten.

Bescheiden blieb sie an der Tür stehen und erwartete die Befehle der Kurfürstin. Diese aber rief sie zu sich, und sie musste sich neben sie setzen.

„Mein Kind“, begann Elisabeth, „ich habe eine ernste Botschaft an dich!“

Das Mädchen sah sie forschend an, und sie fuhr fort:

„Katharina Witzleben ist in großer Not und braucht dich; sie bittet mich, dich für eine Zeit lang hinzusenden, du seist die Einzige, die ihr ein Trost sein könnte in ihrer schweren Lage.“

„Um Gottes willen, Durchlaucht, was ist mit Katharina?“, unterbrach sie Sibylle. Sie war kreidebleich geworden und ihre Hand zitterte auf der eichenen Lehne des Stuhls.

Elisabeth gab der Jungfrau ein kurzes Bild der Dinge auf Schloss Hohenhaus, sie nannte auch den Namen des Mannes, der den Frieden des stillen Hauses störte. Wie ein heftiger Schmerz zuckte es über das junge Gesicht, und der kalte, herbe Zug kam wieder zum Vorschein.

„Um Katharinas Glück sieht's traurig aus. Man muss dieser armen Frau in der Not mit Liebe, Trost und Rat beistehen. Sag es mir ganz offen, mein Kind, ob du die Kraft fühlst, in diesem Augenblick nach Hohenhaus zu gehen. Ich bin nicht enttäuscht, wenn du eine abschlägige Antwort hast, weiß ich doch, was ich von dir fordere", sagte Elisabeth.

Sibylle hatte zu Boden geblickt, während sie sprach. Nun hob sie die dunklen Wimpern, sah mit klaren Augen zu der Kurfürstin auf und antwortete mit fester Stimme: „Wenn Eure Durchlaucht gestatten, gehe ich nach Hohenhaus!"

Elisabeth hatte es vorher gewusst, sie kannte diesen starken und doch so zarten Mädchencharakter mehr, als sie sich selbst eingestehen wollte, und wusste, dass sie das Leichteste nie zu leicht, aber auch das Schwerste nie unübersteigbar finden würde, wenn sie es für richtig hielt, es durchzuführen. Sie wusste auch, dass es ein harter Kampf für Sibylle war, und wollte sich nicht zwischen sie und den stellen, der sie sandte. So bestimmte sie alles zur morgigen Reise und entließ für heute die Jungfrau.

Sibylle Mathesius

Am anderen Morgen ritt Sibylle Mathesius in Begleitung eines Junkers, der den Dienst bei der Kurfürstin hatte, aus Lichtenbergs Toren. Elisabeth wusste ihr Hoffräulein keinem besseren und edleren Beschützer anzuvertrauen als Hans Jürgen von Bredow, der trotz aller Gefahren und Verlust seiner Heimat in ihrem Dienst geblieben war und Leid und Unangenehmes mit der geliebten Kurfürstin geteilt hatte.

Eine stattliche Gestalt war es also, die neben dem Hoffräulein herritt, das blonde Haar und die blauen Augen verrieten sofort den märkischen Junker und die brandenburgischen Farben den treuen Vasallen der kurfürstlichen Frau. Er mochte etwa 34 Jahre zählen, der besonnene Blick wenigstens gab ihm das Aussehen eines Mannes, der die Welt gesehen und mit Leid und Not gekämpft hat.

Schweigend ritt er neben dem schönen Mädchen her. Der Befehl der Kurfürstin, Sibylle nach Hohenhaus zu bringen, war ihm nicht recht gewesen, aber er hatte sich stumm verneigt und am andern Morgen das Hoffräulein im Reisemantel erwartet.

Vor einem Jahr hatte er um Sibylles Liebe geworben, still und ohne dass ein anderer als die Geliebte es merkte, aber – war es zu früh gewesen, zu schnell nach dem Entsetzlichen, das die Jungfrau erlebt hatte, oder war ihr Herz für ihn nicht erreichbar? Er wusste bald, woran er war. All ihr Leid war vom Adel gekommen, doch kein Junker regte eine Hand, diese schwarze Tat zu sühnen. Wäre ein Junker so auf die Seite gebracht worden, die ganze Mark Brandenburg hätte die Klingen gezogen und dreingehauen. Das nagte immer wieder an dem stolzen Herzen des Bürgerkindes. Und nun sollte sie gar einen Junker heiraten? Niemals! Vielleicht kam der von Bredow nur um ihrer Schönheit oder ihres reichen väterlichen Erbes willen, oder gar aus Barmherzigkeit, um dem Waisenkind ein Heim zu geben. Gegen das alles bäumte sich das stolze leidenschaftliche Mädchenherz auf, und der Junker hatte bald gemerkt, dass sie, wenn er anhielt, seine Hand ausschlagen würde.

Stumm ritten die beiden durch die Heide, bis es nicht mehr zu ertragen war. Hans Jürgen brach das Schweigen und redete geradeso einfach und natürlich zu ihr, wie er es im Gemach der Kurfürstin tat, von Luthers Bibelübersetzung, die im kommenden Jahr ganz vollendet sein werde, von den Dingen draußen im Reich und dem Fortschreiten der neuen Lehre in Sachsen und in der Mark.

Sibylle antwortete ihm freundlich und ruhig, als denke sie nicht mehr an die vergangenen Tage.

Gegen Abend, als sie lange durch die Heide geritten waren und Sumpf und Sand nicht enden wollten, streckte Bredow die Hand aus und sagte, auf ein weißes Schloss deutend: „Das ist Hohenhaus."

„Ja", antwortete sie, „ich weiß es. Und nun habt Dank, Junker, dass Ihr mich bis hierher gebracht habt. Gern hätte ich Euch der Mühe enthoben. Ich bitte Euch, kehrt jetzt um", setzte sie zögernd und errötend hinzu, „es täte mir leid, wenn Euch in diesem

Haus ein Ärgernis träfe. Ich kann die kurze Wegstrecke unbeschadet ohne Geleit zurücklegen."

Sie reichte ihm die Hand. Er berührte sie mit den Lippen und sagte ernst: „Nein, edles Fräulein, ich geleite Euch nach Hohenhaus, wie mein Befehl lautet. Ich habe vor der Kurfürstin darüber Rechenschaft abzulegen!"

Sie sah ihn noch einmal flehend an. „Ich bitte Euch, geht!", sprach sie leise. Aber er schüttelte stumm den Kopf und ritt neben der Geliebten über die festgefrorene Heide Frau Katharinas verschneiter Heimat zu.

Es war dunkel geworden. Ein Licht brannte unten im Schloss, und Sibylle sah die zarte Gestalt ihrer Freundin am Fenster, die Stirn an die kalten Scheiben gelehnt. Einen Augenblick später lag sie an ihrem Hals. „Sibylle!", schluchzte Frau Katharina. „Welch ein Wiedersehen!"

Dann erblickte sie den fremden Junker, der bescheiden im Hintergrund geblieben war, und bat ihn mit der auch in diesem Augenblick ihr eigen gebliebenen Würde und Anmut, in ihr Haus zu kommen und diese Nacht darin zu rasten. „Mein Eheherr ist gestern ausgeritten, ich weiß nicht, wann er zurückkehrt, so muss ich Euch bitten, meine Einladung anzunehmen", sagte sie leise.

Hans Jürgen küsste ehrerbietig ihre Hand und sagte: „Habt Dank, edle Frau, doch möchte ich Euch Unruhe und Mühe ersparen, zudem muss ich spätestens morgen Abend daheim sein, Ihre Durchlaucht erwartet, dass ich in Bälde zurückkehre."

„Aber Ihr könnt doch nicht die Nacht durchreiten!“, beharrte sie. „Die Heide mit ihren überfrorenen Sümpfen ist besonders im Finstern ein sehr beschwerlicher und gefährlicher Weg. Ihr kommt leicht an einem Tage nach Lichtenberg zurück. Ich bitte Euch, bleibt!“, sagte sie herzlich. „Ich hätte keine Ruhe, wüsste ich Sibylles Beschützer bei Nacht und Nebel unterwegs!“

Er konnte ihren Bitten nicht länger widerstehen, obwohl er wusste, dass ein gutes Wirtshaus in der Nähe war, und gab nach. Sibylle hatte den Blick gesenkt und ging still neben Katharina die Treppen hinauf, die sie in ihr Gemach führte. Als die dort angelangt waren, war Frau Katharinas Fassung zu Ende. Aufschluchzend sank sie in Sibylles Arme. Diese versuchte sie zu beruhigen, aber die unglückliche Frau schluchzte: „Lass mich, mein Herz, ich muss mich einmal richtig ausweinen, du bist die Erste, zu der ich reden darf, und doch kann ich's kaum.“

Sibylle strich mit der Hand über das dunkle Haar der Freundin. Ihre Augen füllten sich mit Tränen. Katharinas Leid war ihr fast schwerer als das eigene. Hätte sie nur gewusst, wie sie sie trösten sollte, aber wie ein harter Druck lastete es auf ihr, seit sie das Haus betreten hatte, aus dem durch Sünde und Leidenschaft das Glück vertrieben worden war. „Wie lange dauert es schon?“, fragte sie endlich.

„Seit er den Dornburger kennt – etwa sechs Monate – ist er wie umgewandelt, täglich unterwegs mit dem wilden Gesellen, oder sie spielen und trinken oben über meinem Gemach. Wolf Dietrichs Gesundheit ist schon sehr geschädigt, auf der Burg schaut er nicht mehr nach dem Rechten, und meine Bitten und Klagen hört er nicht an, seit er in den Händen dieses Satans ist", sagte Katharina.

„So geht also der Mörder meines Vaters noch immer frei umher in der Mark Brandenburg!", sagte die Jungfrau bitter. „Ich konnte nicht glauben, dass es wahrhaftig dieser Dornburg ist, der euch ins Unglück brachte, bis ich es aus deinem Munde hörte, Katharina!"

„Und wenn du es geglaubt hättest, wärst du dann auch gekommen?", fragte Katharina und umarmte das Mädchen.

Sibylle richtete sich hoch auf. „Die Tochter Philipp Mathesius' fürchtet sich vor keinem Menschen auf der Welt. Meinst du, ich hätte nicht den Mut, dem Mörder meines Vaters gegenüberzutreten, und wenn's nur wäre, um Barmherzigkeit zu üben und ihm die Wahrheit zu sagen. Zudem", fügte sie weich hinzu, „komme ich für dich, Rose von Jerichow." Sie küsste die junge Frau auf die Stirn, die sich zitternd an sie schmiegte, und blickte mitleidig auf das bleiche Gesicht an ihrer Schulter.

„Sag, Liebling", fragte sie leise, „ist's denn ganz unmöglich, diesen Dingen ein Ende zu machen? Ist es unmöglich", fuhr sie zögernd fort, „dass du eine Weile Hohenhaus verlässt, dass ..." – sie vollendete den Satz nicht.

Frau Katharina machte sich aus ihren Armen los, und die Märchenaugen sahen sie groß an.

„Ich heiße Katharina Witzleben vor Gott und Menschen!", sagte sie stolz. „Und bleibe auf dem Posten, auf den ich gestellt bin, bis Gott der Herr mich abruft, selbst wenn ich ihn unter Leid und Tränen behaupten muss!“

Sibylle errötete und senkte den Blick. Sie hatte in dem Gedanken, der Freundin zu helfen, ein Wort gesprochen, nach dem ihr eigenes starkes Herz nie gehandelt haben würde. Das namenlose Leid Katharinas aber hatte es ihr auf die Lippen getrieben.

Katharina merkte, was sie empfand, sie ließ sich jedoch nichts anmerken.

„Und nun willst du bei mir bleiben und mein Sonnenschein sein?“, fragte sie unter Tränen lächelnd.

„Könnte ich dir nur helfen!“, seufzte das Mädchen.

„Dass du da bist, ist ein großer Trost für mich!“, antwortete sie.

Die Sterne schauten ins Gemach; sie blickte hinauf. An den schwarzen Wimpern hingen noch Tränen, als sie Sibylles Arm in ihren legte, um zur Abendmahlzeit zu gehen, aber ihr Antlitz war still und ruhig, und mit anmutiger Hausfrauenwürde empfing sie den Junker von Bredow in ihrem Gemach.

Nach der Mahlzeit setzten sich die drei um den Kamin, in dem ein knisterndes Feuer brannte. Frau Katharina hatte den Platz gewählt, der dem Fenster am nächsten war, und blickte ab und zu unruhig in die kalte sternklare Nacht hinaus. Doch trotz ihrer Sorge und Angst unterhielt sie ihre Gäste aufs Beste, und Bredow bewunderte im Stillen ihre Kraft.

Als die Turmuhr die Mitternachtsstunde verkündigte, erhob sich die Schlossherrin und sagte: „Sibylle, du siehst müde aus, wir wollen nicht länger auf Wolf Dietrich warten. Auch Ihr werdet nach dem langen Ritt gern Ruhe haben, Junker."

Sie trat hinaus und gebot dem Knappen, der müde auf die Ankunft seines Herrn wartete, den Ritter in sein Gemach zu führen. Dann reichte sie Bredow die Hand zum Gutenachtkuss und nahm Sibylles Arm, um sie hinaufzubegleiten. Über die Stufen fiel der flackernde Lichtschein der Pechfackel, sonst war alles dunkel, nur hier und da blickte ein Stern durch die Gitterfenster.

Da ertönte lautes Pferdegetrappel im Hof, lautes Fluchen und Lärmen drang durch die Stille der Nacht und Katharina fuhr mit der Hand zum Herzen.

„Sie sind's!", rief sie und eilte zur Tür.

Aber Bredow vertrat ihr den Weg. „Lasst mich gehen oder den Knappen!", bat er, als sie heftig den Kopf schüttelte. Letzterer eilte hinab, Frau von Witzleben riss das Fenster auf und beugte sich hinaus. Es war finster im Schlosshof, der Mond stand hinter dem Hauptturm, und der weite Raum war spärlich von einer Fackel beleuchtet, die ein Knecht gebracht hatte. Eine dunkle Masse bewegte sich geschäftig um einen Gegenstand, und des Dornburgers Stimme klang herrisch und bald betrunken dazwischen. Namenlose Angst bemächtigte sich des jungen Weibes, und sie rief hinab: „Was ist mit meinem Gemahl?"

Der Dornburger riss mit unverschämter Ehrerbietung den Federhut vom Kopf und antwortete, sich vor Frau von Witzleben verneigend, mit lallender Stimme: „Nichts Besonderes, edle Frau, wir hatten nur einen kleinen Streit mit etlichen Wegelagerern, an dem Euer gestrenger Eheherr sich eifrig beteiligt hat. Zudem hatte er vorher Eurem besten Ungarwein stark zugesprochen, da hat er etwas zu viel gekriegt!“

Eine entsetzliche Ahnung stieg in ihr auf, sie wollte hinabeilen, aber Sibylle hielt sie fest und sagte mit weißen Lippen: „Bleib hier, Katharina, du darfst nicht hinab! Bredow ist unten“, fügte sie hinzu. Doch schon hatte sie die Tür aufgerissen und flog die Treppen hinab. Da lag unten in der Halle auf einer Bahre Wolf Dietrich von Witzleben blutig und bleich, den Todesschweiß auf der Stirn.

Sie stürzte neben ihm auf die Knie und presste ihren Mund auf seine Lippen. „Wolf Dietrich, bleib bei mir!“, schluchzte sie.

Er aber nahm die letzte Kraft zusammen, und fast unhörbar flüsterte der sterbende Mund: „Vergib mir, Katharina!“

Sie konnte sich nicht beruhigen und weinte krampfhaft an seiner Brust.

Da erklang Sybilles ruhige Stimme hinter dem Sterbenden mit den Worte: „Christe, du Lamm Gottes, der du trägst die Sünde der Welt, erbarme dich unser und gib uns deinen Frieden!“

Wie Sonnenlicht zog es über das totenblasse Antlitz, und leise stöhnten die fahlen Lippen: „Christe, du Lamm Gottes!“ Ein letzter Blick in die Augen seines Weibes, ein letztes leises Atemholen, und er war tot. Der Junker von Bredow trug die leblose Gestalt des unglücklichen Weibes die Treppen hinauf in ihr Gemach.

Sibylle wollte folgen, da sah sie die dunkle Gestalt

eines Mannes im Reitermantel über die Schwelle des Hauses treten. Wie gelähmt blieb sie stehen. Er aber näherte sich dem Toten, den Blick auf die schöne Gestalt gerichtet, die an der Bahre stand.

„Wer seid Ihr?", murmelte er, näher tretend und die Hand ausstreckend.

Sie hob den weißen Arm aus dem dunklen Reitkleid, und die tiefe Stimme, die vor einem Augenblick das Armesündergebet gesprochen hatte, sagte in ruhigem Ton: „Zurück, Ritter von Dornburg, hier ist kein Raum für Euch!"

Wie ein Traumgebilde stand sie vor ihm, den sagenhaften Jungfrauen der germanischen Völker gleich, die die Toten hinaustrugen. Das goldene Haar lag wie ein Heiligenschein um die wunderbare Mädchengestalt, und die mächtigen ruhigen Augen blickten ihn an, dass ihm graute. Und doch bannte ihn eine unerklärliche Macht.

„Lasst mich euch huldigen", sagte er, Ort und Zeit vollständig vergessend, „lasst die Toten ruhen und ..." Er war mit raschem Schritt an ihrer Seite und umfasste sie. Mit heißem Blick beugte er sich zu ihr nieder, sein Atem streifte ihre Stirn.

Wie versteinert stand sie, nur die Augen flammten vor Zorn. Noch einmal hob sie den Arm, und ihre Hand traf mit hartem Schlag des Ritters Wange.

Er fuhr zurück. Wie ein Irrsinniger starrte er in das weiße Gesicht, der Arm, den er gegen das Weib, das ihn beschimpfte, erheben wollte, sank schwer herab, und mit lallender Stimme wiederholte er die Frage nach ihrem Namen.

„Ich bin Sibylle Mathesius", erwiderte sie kalt.

„Sie ist von den Toten auferstanden!“, ächzte er und wollte von dannen.

Schritte kamen die Stufen herab, eine Waffe schlug den Boden. Vor ihm stand Bredow. „Ihr habt angesichts des Todes eine Dame, die Ihr nicht das Recht habt anzublicken, tödlich beleidigt, in drei Tagen sehen wir uns wieder!“ Er sprach's und warf dem von Dornburg seinen Handschuh vor die Füße.

„Wir sind quitt!“, murmelte dieser, mit gläsernen Augen den Sprecher anblickend, dann hob er den Handschuh auf und verließ, einen wilden Fluch zwischen den Zähnen, das Schloss. Einen Augenblick später hörte man den lauten Hufschlag seines davonjagenden Rosses über die Zugbrücke schallen.

Witwenschleier und Brautkränzlein

Still und dunkel war's auf Schloss Hohenhaus, vom Turm wehte die Trauerflagge auf halbmast, Wolf Dietrich von Witzleben ruhte unten in der Gruft seiner Ahnen. Feierlich hatten sie ihn beigesetzt, die ganze Altmark nahm teil an dem traurigen Ereignis, und niemand versäumte, dem jungen Ritter die letzte Ehre zu erweisen.

Alle Welt war wütend auf den schändlichen Verführer, und jedermann freute sich, dass Bredow ihn gefordert hatte.

Die Trauergäste waren wieder fortgeritten, ohne dass sie die junge Witwe gesehen hatten. Teilnahmslos, ohne Tränen lag Frau von Witzleben seit dem entsetzlichen Abend in ihrem Gemach, und Sibylle musste als Hausfrau walten.

Am Tag nach der Beisetzung, als alles wieder still geworden war, stand Katharina auf, legte Witwentracht an und ging hinab in die Kapelle. Da fand sie die Tränen wieder, und die steinerne Ruhe machte den Gefühlen Platz. Sie sprach über alles mit Sibylle und weinte sich an ihrem Herzen aus, wieder und immer wieder, wenn das Leid und die Einsamkeit sie zu überwältigen drohten. Es war gut für sie, dass Sibylle da war, deren ruhige Art ihr in ihrem Jammer eine Wohltat war. Sie ließ sich ganz von der geliebten Freundin leiten und folgte wie ein Kind ihren Ratschlägen, trat doch gerade in den ersten Tagen vieles an die unglückliche Frau heran, für das sie guten Rat nötig hatte.

Bredow hatte am Morgen nach dem Begräbnis fortgemusst, im blanken Harnisch war er gegangen, und die Mädchenhand, die er beim Abschied küsste, hatte zitternd in seiner Rechten gelegen. So war Katharina allein auf sich selbst und Sibylle angewiesen, die eine aufsteigende Unruhe mutig bekämpfte und sich liebevoll um die Freundin kümmerte. Katharina wollte die Wintermonate noch in Hohenhaus, welches einem Lehnsvetter ihres Gemahls zufiel, verbringen und dann nach Lichtenberg zu ihrer Großmutter ziehen. Vor dem einsamen Haus in Jerichow mit seinen vielen Erinnerungen graute ihr.

Vier Tage waren vergangen, seit Wolf Dietrich todeswund heimgebracht wurde, da kam ein kleiner Zug berittener Männer vor die Zugbrücke von Hohenhaus, und der Türmer meldete die Ankunft eines edlen Gastes. Hans Jürgen von Bredow war's, aber nicht hoch zu Ross, wie er ausgeritten war – verwundet wurde er in das Herrenhaus getragen, denn Hohenhaus war der nächste Ort, wo ein Kranker Obdach und Pflege finden konnte. Er selbst ahnte nicht, dass man ihn dorthin brachte, ohnmächtig hatten ihn die Männer vom Kampfplatz getragen, und der alte Hausmeister Wolf Dietrichs, der ihm nachgeritten war, hatte ihn auf Befehl seiner Herrin in ihr Haus tragen lassen. Dornburg war auf dem Kampfplatz geblieben, der Tod hatte ihn nicht anders gefunden, als er im Leben gewesen war. Grauenvoll war sein Ende, einen wilden Fluch auf den Lippen, war er dahingefahren, kein Kreuz hatte in die Nacht des Verbrechers geleuchtet, kein Armensündergebet war über die Lippen des Sterbenden gekommen, ein entsetzlicher Ausdruck der Verzweiflung lag auf den verzerrten Zügen des Toten.

Am Waldrand, an einsamer Stelle scharrten die Knechte die Leiche ein, und das Heidekraut wuchs barmherzig darüber, als wollte es das Grab des Mörders verbergen und die Schmach des geschändeten Geschlechts zudecken.

In der Halle von Hohenhaus stand jetzt wieder eine Trage, und wieder kniete eine Frauengestalt daneben und lauschte angstvoll den Atemzügen des Verwundeten. Es war Sibylle.

Sie hatte dem Junker das Haupt und den leichter verletzten Arm verbunden, und noch immer war er, trotz vieler Belebungsversuche, nicht aus dem tiefen todesähnlichen Schlaf erwacht. Eine namenlose Angst zog durch die Seele der Jungfrau. Auf dem zarten Gesicht wechselte tödliche Blässe mit glühendem Rot, immer wieder beugte sie sich über das Antlitz des Junkers und lauschte. Durch ihre Seele zog ein Schmerz, und ein Gefühl großer, schwerer Schuld lastete auf dem jungen Herzen, das in Stolz und Eigenwillen eine tiefe Liebe zurückgedrängt hatte.

War jetzt alles zu Ende? Sollte ihr der Tod nehmen, was sie im Leben von sich gestoßen hatte?

Wieder legte sie die kühle Binde auf die Stirn des Junkers, da öffnete er langsam, wie aus tiefem Traum erwachend, die Augen, und mit einem Blick tiefen Glückes weilte sein Auge auf dem Jungfrauenantlitz, das sich über ihn beugte, und seine Lippen flüsterten: „Sibylle!“

Überwältigt beugte sie sich zu ihm nieder, alles vergessend. Ihre Hand ruhte auf seiner Brust, und sie jubelte unter Tränen: „Hans Jürgen, kannst du mir vergeben? Ich habe dich mein Leben lang geliebt!“

Es war, als nähmen ihre Worte ihm alle Schmerzen. Er schlang den gesunden Arm um sie und drückte seine Lippen auf den zarten Mund des Mädchens. Sie aber war wie im Traum. Die strahlenden Augen senkten sich in die des geliebten Mannes, sie vergaß unter seinem Brautkuss ihr Leben und ihr Leid und ließ die ganze Fülle seiner Liebe auf sich wirken.

Lange hatte sie so gekniet, da kam Frau Katharina im Witwenschleier die Treppe herab. Hans Jürgen und Sibylle wechselten noch einen stillen Blick, Katharina aber begrüßte den Junker herzlich in ihrem Haus und bat ihn, sich ihre und Sibylles Pflege gefallen zu lassen.

„Ich hätte ja nie in bessere Hände kommen können!“, sagte er ritterlich und zog ihre Hand an die Lippen.

Sie lächelte zum ersten Mal in ihrem Leid, und ihr Blick streifte Sibylle. Dann rief sie die Knappen, und nach kurzer Zeit ruhte der Junker weich gebettet in einem der hellen Gemächer der Burg; an seiner Seite saß die Frau, deren tiefstes Leid und Glück vom Adel kam, als seine verlobte Braut.

* * *

Bredow genas bald unter der treuen Pflege der beiden Frauen, und als die ersten schönen Märztage kamen, ging er, auf den Arm der Geliebten gestützt, durch den Garten. Das Verlöbnis des jungen Paares wurde noch geheim gehalten, nur Frau Katharina wusste darum, denn Hans Jürgen musste bei der Kurfürstin um Sibylles Hand anhalten. So kam es, dass der Brautring noch immer an ihrer Hand fehlte.

Frau von Witzleben trug still und sanft ihr Leid und freute sich selbstlos an dem Glück der Freundin. Es war ihr eine Wohltat, für zwei liebe Menschen sorgen zu dürfen. Wäre sie allein gewesen auf ihrem einsamen Land, sie wäre versunken in Trauer und leidvollen Gedanken.

So kam der Mai mit seinem Duften und Blühen. Die Sonne grüßte die Heide wieder, und es sprosste und keimte überall. Junge Saaten breiteten sich in lichtgrünem Schimmer über die erwachende Erde, die Veilchen dufteten am Strom, und im Moor kamen die kleinen aufgerollten Farnkräuter zum Vorschein. Im stillen weißen Schloss war es noch einsamer geworden, denn die junge Herrin war fortgezogen, um nicht mehr heimzukommen. Tränenschweren Auges wandte sie sich immer wieder nach der Burg um, und ihr edler Schimmel schien sie zu verstehen, denn er zögerte bei jedem Schritt. Hans Jürgen und Sibylle ritten schweigend neben ihr. Sie ehrten ihr Leid. Hätte es in ihrer Macht gestanden, es ihr zu erleichtern, sie hätten vieles darangesetzt.

Frau Erika von Gerlach stand vor der Tür ihres kleinen Hauses, als der Junker mit den beiden Frauen in Lichtenberg einritt. Er schwang sich aus dem Sattel und hielt Katharinas Steigbügel.

Die alte Edelfrau brach in Tränen aus, als sie ihr

geliebtes Enkelkind im Witwenschleier erblickte, und Katharina musste alles tun, um sie zu beruhigen.

Sanft und freundlich geleitete sie sie in das Haus, und als sie dann behaglich beisammensaßen und sie sah, wie still und ergeben ihr Liebling war, da wurde auch sie wieder ruhiger und ließ sich alles von der jungen Witwe erzählen. Diese wollte ganz bei der Großmutter bleiben, zu deren größter Freude. In dem Häuschen war Raum genug für zwei, Katharina ließ ihren Brautschatz kommen, und bald waren ihre Räume behaglich und schön hergerichtet. Abends waren sie beide oft bei der Kurfürstin, die Katharina mit teilnehmender Liebe empfangen hatte. Sie empfing keine anderen Gäste, wenn die beiden Witwen bei ihr waren. So war es nur der engere Kreis des kleinen Hofes, bestehend aus Bredow, Sibylle, Esther Sophie von Alvensleben und dem Hofprediger, den Katharina kennenlernte.

Bredow wurde bald nach seiner Rückkehr zum Marschall ernannt. Er hatte dieses Amt schon länger ausgeübt, nur der offizielle Titel hatte ihm noch gefehlt.

Elisabeth hatte ihm in überströmender Freude die Hände gereicht, als er am Morgen nach seiner Rückkehr bei ihr um Sibylle warb und ihr alles erzählte – war es doch längst ihr Wunsch gewesen, diese beiden vereinigt zu sehen, doch hatte sie gezweifelt, dass Sibylle ihren Stolz überwinden werde. Lange saß die edle Frau mit dem treuen Vasallen in ihrem Gemach und beredete alles für die Zukunft, dann aber musste sie kommen, um die es sich handelte. In ihrem bräutlichen Glück, schöner denn je, trat sie ein. Als sie Bredow neben der Kurfürstin sitzen sah, erriet sie alles, und ein leises Erröten flog über ihr Gesicht. Elisabeth nahm sie in die Arme und führte sie dem Geliebten zu.

„Du bist ja längst mein Eigen“, sagte er, drückte sie an sich und küsste ihre Lippen, „aber ich musste doch noch in allen Ehren um dich werben!“ Er steckte den Brautring an ihre Hand, und sie blickte glücklich zu ihm auf.

Durch die offenen Fenster schaute der Frühling mit seinen Blüten, durch die taufrische Morgenluft zogen jubelnde Lerchenklänge. Vom Turm der Schlosskapelle riefen die Glocken zum Morgengottesdienst. Der Junker hatte die Hände gefaltet, Sibylle aber legte demütig die zarten Finger unter die Hand des Verlobten, und vielstimmig erklang das Vaterunser. „Amen“, sagte die Kurfürstin, als sie endeten, „der Herr segne und behüte euren Ausgang und Eingang!“

Doktor Bernhardus

In einem hellen Gemach eines der an das Schloss grenzenden kurfürstlichen Wohnhäuser zu Spandau saß Frau Sibylle von Bredow. Neben ihr stand eine kunstvoll geschnitzte Wiege mit rotseidenen Vorhängen, die, halb zurückgeschlagen, ein zartes, blondes Lockenköpfchen sehen ließen. Zwei winzige Händchen spielten auf der Decke, und ab und zu hörte man jene süßen lallenden Töne, die jede junge Mutter entzücken. Auch Frau von Bredow hob den Blick von der Arbeit und schaute mit strahlenden Augen hinter den Vorhang, dann legte sie die Arbeit beiseite, kniete an der Wiege nieder und legte den Kopf neben ihrem Erstgeborenen auf das kleine Kissen.

„Nun, mein Sonnenschein, kannst du es gar nicht mehr ohne dein Mütterlein aushalten?“, flüsterte sie. „Wart nur, mein kleiner Hans Jürgen, gleich hat das Kosen ein Ende, und der Junge muss schlafen!“

Sie küsste ihr Bübchen, welches fortwährend den Mund verzog und seine Mutter anlachte, als freute es sich darüber, wie hübsch sie sei. Nun erhob sie sich und ging an das Fenster. Weit hinaus spähten ihre Augen, den breiten Pfad entlang, der zum Schloss führte.

„Er kommt!“, rief sie und öffnete das Fenster, durch das eine Fülle von Fliederduft hereinzog.

Mit der Linken über den Augen stand sie lächelnd hinausgelehnt und winkte dem Kommenden mit einem Tuch. Er schwenkte den Federhut, und seine Augen wanderten fröhlich hinauf.

„Was macht Hans Jürgen?“, fragte er, als er dicht unter dem efeuumrankten Fenster stand.

„Danke, mein Schatz!“, klang Sibylles Antwort. „Er ist geradeso wohlauf und gesund wie sein gestrenger Herr Vater!“

Der Marschall drohte ihr mit dem Finger und eilte die Treppen hinauf. Auf der obersten Stufe erwartete ihn seine Frau, sein rosiges Ebenbild im Arm.

„Siehst du, Hans Jürgen, er verdient seinen Namen!“, sagte sie und reichte ihm den Kleinen zum Kuss. Er nahm ihn ihr ab und küsste den kleinen Schelm, der noch immer lachte. Sein Weib hatte den Kopf an seine Schulter gelehnt, und so wanderte das glückliche Paar in das Gemach zurück. Sibylle legte den Kleinen in die Wiege, zog die Vorhänge zu und legte sich an die Seite ihres Gemahls.

„Der Kurfürstin geht es weit besser“, begann er und legte den Arm um sein Weib, „und sie will dich sehen. Ich glaube nicht, dass sie die Krankheit überwunden hätte, wären ihr nicht unser Herrgott und ihr Leibmedikus beigestanden. Tag und Nacht hat er die Kleider nicht abgelegt, und seine Fähigkeiten als Arzt, sein rasches Erkennen des Übels, sein klarer Blick, seine ruhige Hand machen dem Meister auf Leipzigs Lehrstuhl alle Ehre.“

„Man sagt“, erwiderte Sibylle, „Bernhardus von Ribbeck habe, schon bevor er das Mönchsgelübde ablegte, die medizinische Doktorwürde erworben. Später habe er als Mönch, soweit es ging, seinen alten Beruf ausgeübt und besonders dem armen

Volk und fahrenden Leuten mit seiner Kunst geholfen."

„Was trieb ihn eigentlich ins Kloster?", fragte Bredow erstaunt. „Das ist mir ein Rätsel, seit ich ihn kenne. Einen seltsamen Grund muss es haben."

„Ja, den hatte er", bestätigte sie, „wenn das, was ich erfahren habe, Wahrheit ist. Bernhardus von Ribbeck soll in jungen Jahren Katharina Witzleben geliebt haben. Zum Mann herangewachsen, brannte ihm die Burg ab. Sein Hab und Gut war dahin, und ohne Abschied von der Geliebten zog er nach Leipzig. Ob sie dachte, sein Herz sei falsch – ich weiß es nicht – Katharina hat nie mit mir von diesen Dingen gesprochen. Man sagt, ein Befehl ihres Vaters habe sie gezwungen, Witzleben zu ehelichen."

„Aber trotz allem Zwang liebte sie ihn", sagte der Marschall.

„Ich glaube nicht, dass es Liebe war. Gehorsam und Treue möcht ich's nennen, Dankbarkeit für eine große Liebe, die sie empfing", kam ihre Entgegnung.

„Und wie mag es heute um die beiden stehen? Noch trägt Frau Katharina den Witwenschleier, und ich glaube nicht, dass Ribbeck sich – so kurz ich ihn kenne – um ein Weib bemüht, das einem anderen gehört hat. Zudem sind sie verschiedenen Glaubens", sagte Bredow.

„Im Herzen ist Katharina evangelisch. Ich weiß nicht, was sie hindert, sich zu Luthers Lehre zu bekennen", erwiderte seine Frau. „Was Ribbeck betrifft", fuhr sie fort, „so bin ich deiner Meinung, dass ihn der Stolz seine Jugendliebe zurückdrängen lässt. Jedenfalls ist es auch das Bekenntnis, das ihn von ihr scheidet. Ein Frauenherz ist ein rätselvolles Ding. So lieb mir Katharina ist und so nahe mir die Freundin steht – vor alles, was jetzt ihr Herz bewegen mag, schiebt sie den Riegel, und sooft wir an Vergangenes denken, reden wir allein von Wolf Dietrich und den Kleinen. Die Engel mögen's wissen, ob Frau Katharinas Seele noch einmal auf Erden Frühling feiert!"

„Ich dachte, Sibyllenhände fänden zu allem den Schlüssel", scherzte er, mit den Löckchen an ihrer Stirn spielend, die sich aus der blauen Samthaube hervorwagten.

„Ehen werden im Himmel geschlossen, und Sibyllenhände haben kein Geschick für solch große Dinge", sagte sie lächelnd.

Sie erhob sich, um nach dem Bübchen zu sehen. Stolz und glücklich schaute er der schönen Frauengestalt nach, die sich über die Wiege beugte und leise ihr Kind küsste. „Er schläft", sagte sie und blickte zu dem Gemahl hinüber.

Bredow nickte ihr zu. Vor seinem inneren Auge zog sein Leben, das so lange einsam geblieben war, vorüber. Er dachte an das Mädchen, das den Bürgerstolz nicht überwinden konnte, bis es an der Trage des Geliebten das Leid, das ihm vom Adel zugefügt wurde, vergaß und jubelte: „Ich habe dich mein Leben lang geliebt!" Könnte nicht auch in der Seele Ribbecks die Liebe stärker werden als der Stolz? „Und dennoch wird sie sein Eigen!", sprach er für sich.

Sibylle hatte seine Worte nicht gehört. Noch immer stand sie über die Wiege gebeugt und sprach mit dem Kleinen, der, eben erwacht, die Augen mit den runden Fäusten rieb. Sie hob ihn empor und trat mit ihm ans Fenster.

„Komm her, mein Liebling, jetzt will ich dich und dein blondes Schatzkind genießen, später muss ich wieder ins Schloss“, rief Bredow, und er setzte sich neben seine Frau.

Ein großes Familienglück war das: das Paar aneinandergelehnt, das rosige Bübchen auf den Knien des Junkers. Der Kleine griff fortwährend nach dem Goldhaar seiner Mutter und ruhte nicht, bis sie ihm ihre Locken zur Verfügung stellte. Draußen blühte der Flieder, und der Efeu streckte neugierig die Ranken ins Fenster, denn er wollte gerne wissen, wie glückliche Menschen aussehen.

Zur selben Stunde saß Bernhardus von Ribbeck im Gemach der Kurfürstin, die, von schwerer Krankheit genesen, auf einem Ruhebett lag. Kaum in Spandau, ihrer neuen Heimat, wohin ihre Söhne sie gebracht hatten, angelangt, erkrankte sie ernstlich, und wochenlang bangte der Arzt um ihr Leben. Nun aber durfte sie schon seit einigen Tagen das Bett verlassen und sah es gern, wenn ab und an ein bekanntes Gesicht bei ihr reinsah. Eben hatte sie Katharina Witzleben, die der Kurfürstin nach Spandau gefolgt war, verlassen. Katharina hatte ihre Großmutter kurz bevor sie Lichtenberg verließ, in tiefem Schmerz zur letzten Ruhe geleitet. Umso dankbarer war sie für alle ihr durch die Kurfürstin erwiesene Liebe, und obwohl ihr Leben fortan ein sehr einsames war, so war es doch nicht arm und freudlos.

Auf der Schwelle des fürstlichen Gemaches war ihr Bernhardus begegnet; ernst hatte er in das blasse, traurige Antlitz geblickt, dann war er seufzend an ihr vorübergegangen. So still und trüb wie heute war sie vom ersten Augenblick ihres Wiedersehens gewesen, eine seltsame kühle Zurückhaltung lag in dem Wesen des jungen Weibes, sooft er ihr begegnete, und nur zu bald meinte er zu wissen, dass sie ihr Erdenglück und ihre Liebe mit dem Toten in der Kapelle von Hohenhaus zu Grabe getragen hatte. In harten Widerstreit zwischen Stolz und Liebe war sein Herz geraten, als er sie zuerst im Witwenschleier erblickte, doch als sie ihm immer in gleicher Weise traurig entgegentrat, ohne ein Wort der Freude des Wiedersehens für ihn zu haben, da fühlte er, dass es kein Erdenglück mehr für ihn geben solle, und traurig begrub er ein zweites Mal seine Liebe. Hätte er nur einmal zurückgeblickt, ehe er an ihr vorüberging, und in die Augen gesehen, die ihm mit brennender Sehnsucht folgten – er hätte die Arme ausgebreitet und sie ans Herz genommen. Aber er blickte nicht zurück, und schwerer und schwerer wurde ihr der Gedanke an die Zukunft. Die jahrelang zurückgedrängte erste Liebe war bei seinem Anblick aufs Neue in ihr erwacht, aber sie hatte ihm ihre Freude verborgen, ahnte sie doch nicht, wie es um sein Herz stand, ob er für das Weib, das einem anderen gehörte, noch Liebe fühlte, oder ob der Mannesstolz siegen würde. Sie war ja nicht mehr das Mädchen, das er einst unter der Linde küsste, sie war ein Weib im Witwenschleier! Mit keinem Blick wollte sie ihm gestehen, was sie bewegte, mit keinem Schritt ihm entgegenkommen, er durfte nicht denken, dass sie auf ihn wartete. Das Liebeswerben des Jünglings sollte dem Mann nicht zur Kette werden. Im Herzen längst entschieden, zögerte sie von einem Tag zum andern, sich öffentlich zu Luthers Lehre zu bekennen. Ein Gedanke war durch ihre Seele gezogen und sie hatte ihn immer verdrängen können: dass Bernhardus glauben könnte, sie verlasse um seinetwillen den Schoß der Kirche. Es war eine Zeit harter Kämpfe für Katharina. Mit ganzer Seele hing sie an Luthers Lehre. Wäre Bernhardus ihr nicht bei ihrer Ankunft in Spandau in den Weg getreten, sie hätte sich über kurz oder lang zu ihr bekannt. Doch was sollte er von ihr halten, wenn sie jetzt plötzlich übertrat, wusste sie doch, dass er nie ein Weib heiraten würde, das anderen Glaubens war. Dann aber zog es wie ein schwerer Vorwurf in ihr Herz, als versäumte sie um der Menschenliebe willen eine heilige Pflicht, als verleugne sie ihren Herrn für ein bisschen Erdenglück. Unter der Last eines solchen Zwiespalts stand das junge Weib, und ihr Wesen schien wegen all des Leides wie ausgewechselt. Unerklärlich wollte Bernhardus ihre Not erscheinen. Dass er es war, der ihr solchen Kummer machte, kam ihm nicht in den Sinn. Es war lange her, dass Katharina Witzleben ihr Haupt an seine Schulter lehnte, und heute sprach ihre Erscheinung von der Trauer um einen Toten. Doch blieb ihm ihr Herz ein Rätsel. Wenn es heute nicht für ihn schlug, hatte es dann je im Leben für ihn geschlagen? Ernst und gedankenvoll trat er bei der fürstlichen Frau ein, kaum erhellte der freundliche Willkommensgruß, den sie ihm bot, sein düsteres Antlitz.

Elisabeth bemerkte nicht die Sorgenfalten auf der

Stirn des Getreuen. Eine ernste Botschaft bewegte ihr Herz, das stets an andere dachte.

„In den umliegenden Dörfern ist eine schlimme Seuche ausgebrochen", begann sie. „Viele sind schon dahingerafft, und manch einer ringt mit dem Tod. Die Schenken sind voll von fahrendem Volk, das unterwegs erkrankt in den Dörfern liegen blieb. Ein Krämer soll die Seuche eingeschleppt haben. Es liegt mir schwer auf der Seele, nicht selbst helfen zu können, wo die Not so groß ist. Aber wahrscheinlich wisst Ihr Rat, und morgen wird der Propst nach dem Gottesdienst zur Hilfe der armen Bedrängten mahnen. Oft trifft ein gutes Wort einen guten Boden, und wenn auch nur ein paar treue Hände zugreifen und die Armen pflegen, so wären wir mit Gottes Hilfe ein Stück weiter."

„Ich wusste schon um die Not, Fürstliche Gnaden", erwiderte Ribbeck. „Die Bitte, mich in nächster Zeit meines Dienstes zu entbinden, führt mich her. Euer Fürstliche Gnaden sind, Gott sei's gedankt, so weit genesen, dass ich ohne Unruhe für etliche Tage Spandau verlassen kann."

Sie streckte ihm freudig bewegt die Hände entgegen. „Ich wusste es, dass Ihr der Erste sein würdet, wenn es darum geht, ein Samariterwerk zu vollbringen. Gott segne Eure Arbeit! Um mich sorgt Euch nicht. Wenn's nach meinem Herzen ging, so begleitete ich Euch. Da es mir aber versagt ist und ich jetzt Geduld üben muss, so folge ich Euch mit meinem Gebet!"

Sie hielt noch immer seine Hände fest. In den großen Augen leuchtete es. Ehrerbietig beugte sich

Ribbeck zu ihr nieder und zog die abgezehrten Finger an die Lippen.

„Ich sehe Euch noch, bevor Ihr geht, nicht wahr?“, fragte sie freundlich. „Esther Sophie soll für Leinen und Lebensmittel sorgen, und das Weib des Torwächters mag Euch begleiten.“

Er bejahte. „Morgen früh nach dem Gottesdienst spreche ich bei Euer Fürstlichen Gnaden vor“, erwiderte er. Gleich darauf verließ er das Gemach, und sie sah ihn durch den sonnigen Burggarten seiner einsamen Wohnung zuschreiten.

Seit länger als einem Jahr war Ribbeck der Leibmedikus der Kurfürstin. Als er in jener Christnacht das Klosterkleid ablegte und Fischbeck verließ, hatte er seine Schritte nach Wittenberg gelenkt, um sich in den neuen Glauben zu vertiefen. Nach Verlauf eines halben Jahres verließ er die Stadt wieder, um seinen armen Brüdern draußen zu helfen. Indessen hatte Luther ihn der Kurfürstin von Brandenburg empfohlen, und nach einigem Sträuben folgte er dem Ruf als Leibmedikus an ihren Hof zu Lichtenberg. Der Schritt reute ihn nicht. Was ihm noch fehlte an Glaubensgewissheit, empfing er im Umgang mit der Frau, die um des Bekenntnisses willen den Fürstenthron verlassen und fröhlich in der ärmsten Hütte Magddienste tat. Seine Sorge, der Hofdienst könnte ihn am Werk der Barmherzigkeit unter den Ärmsten seiner Brüder hindern, hatte sich als überflüssig erwiesen. Elisabeth gab ihm am liebsten selber das Geleit in die Hütten der Armut und half in geistiger und leiblicher Not. So einte bald ein festes Band treuer Freundschaft die evangelische Fürstin und den ehemaligen Mönch, und als Elisabeth nach Spandau übersiedelte, dachte keiner daran, dass Ribbeck ihr nicht folgen werde – er selbst am wenigsten.

Schwere Wege

Durch die bunten Fenster der Burgkapelle schimmerten die warmen Strahlen der Morgensonne, als droben im Turm die Glocken zum Frühgottesdienst riefen. Viel Volk strömte herbei. Die Einwohner von Spandau waren gute Christen, die sich treu an Gottes Wort hielten, und die kleine Kapelle fasste kaum die Schar der Kirchgänger.

Als eine der letzten schritt Frau Katharina die steinernen Stufen hinauf. Fast noch niedergedrückter, als es sonst ihre Weise war, suchte sie sich im Schatten eines Pfeilers ein verborgenes Plätzchen und verrichtete still ihr Gebet. Eine seltsame Unruhe sprach aus dem schmalen Gesicht, wie ein heißer Kampf zog es bisweilen darüber hin, und oftmals verbarg sie es im Witwenschleier, als würde sie der Tränen nicht Herr.

Die Epistel des Pfingsttages war verlesen, vom Chor sangen die Kurrendeschüler Luthers Festlied, und hell und zart klang es durch das maiengeschmückte Gotteshaus:

„Komm, heiliger Geist, Herre Gott, erfüll mit deiner Gnaden Gut deiner Gläubigen Herzen, Mut und Sinn, dein Lieb entzünd in ihn'n! Oh Herr, durch deines Lichtes Glanz zu dem Glauben versammelt hast das Volk aus aller Welt Zungen. Das sei dir, Herr, zu Lob gesungen – Halleluja, Halleluja!"

Das junge Weib im Schatten der Säule hatte das

Haupt auf die Brüstung gelegt, ihr Körper bebte vor unterdrücktem Schluchzen. Niemand achtete auf sie, das stille Plätzchen verbarg sie vor der Menge. Nur zwei Augen blickten unverwandt zu ihr hinüber – in tiefer Bewegung. Sie gehörten einem Mann, der nicht weit von ihr in einem der fürstlichen Chorstühle saß.

Nach der Predigt gedachte der Hofprediger der durch die Seuche bedrängten Ortschaften. Mit eindringlichen Worten mahnte er zu Barmherzigkeit, die sich in dienender Liebe zu den Ärmsten neigt. Ein schwerer Weg sei es, der Mut und Gottvertrauen fordere, doch wer ihn gehe, um einem dieser Geringsten zu helfen, der habe es für den Herrn getan. „Und wenn einer unter euch wäre", schloss er, „der sich noch nicht öffentlich zur neuen Lehre bekannt hat, will aber evangelisch werden, bevor er hinauszieht, dem sage ich, dass ich bereit bin, das Bekenntnis seines Glaubens vor Gottes Angesicht hier zu vernehmen." Er verließ die Kanzel und trat in den Altarraum.

Einen Augenblick blieb alles still. Dann trat einer nach dem andern aus den gefüllten Schiffen, und eine Schar Männer und Frauen bekannte sich zur neuen Lehre. Sie wollten nicht alle mit hinausziehen, aber jeder von ihnen wollte mit Gaben und Fürbitte den Armen beistehen, mehrere jedoch meldeten sich, die von der Seuche Befallenen zu pflegen.

Mit weitgeöffneten Augen saß Katharina an den Pfeiler gelehnt. Träne um Träne rann herab. Endlich erhob auch sie sich und legte mit leise zitternder Stimme ihr Bekenntnis ab. Ernst blickte der Geistliche auf das bleiche Frauenantlitz nieder. Würde sie die Kraft finden, diesen Weg zu gehen?

Die Feier des Abendmahls in beiderlei Gestalt beschloss den Gottesdienst.

Auch Ribbeck war zum Altar getreten. Eine Flut von Gefühlen wogte in seinem Herzen. In aller Frühe hatte die Kurfürstin ihn zu sich rufen lassen und ihm in geheimer Zwiesprache anvertraut, dass Katharina in alter Liebe und Treue an den Geliebten ihrer Jugend denke.

„Ich darf es Euch nicht vorenthalten", sprach sie, „wo Ihr morgen Weggesellen in schwerer Mission seid. In einer Stunde des tiefsten Schmerzes und der Verlassenheit hat Katharina mir von allem erzählt. Nie hätte ich geredet, obwohl ich auch fast täglich sah, wie Ihr Euch nicht verstehen wolltet, und dem einen das Herz wehtat beim Wort des andern. Nun aber, da Ihr den gleichen Weg wandern wollt und nicht wisst, ob Ihr Euch in der Heimat wiederseht, da treibt's mich, dass ich nicht länger schweigen kann. Um Katharinas, um Eures Glückes willen!"

Dann redete sie noch von den Zweifeln der jungen Witwe um ihren Übertritt, dass sie aber am vergangenen Abend zu ihr gekommen sei, um der Kurfürstin ihren Entschluss, lutherisch zu werden und als Pflegerin auszuziehen, mitzuteilen.

„Sie weiß es nicht, dass Ihr mitzieht, ich verschwieg es ihr aus gutem Grund. Gegen Euch aber durfte ich nicht schweigen", schloss sie.

Als habe sie ihm ein wundervolles Märchen erzählt, stand er vor ihr. Lächelnd blickte sie in die strahlenden Augen, dann fasste sie seine beiden Hände. „Gott geleite Euch, lieber Freund“, sprach sie. „Er schenke Euch ein Glück so groß, wie's ein armes Menschenherz ertragen kann. Und wenn Ihr in Freud und Not des Lebens einen Freund braucht, dann vergesst es nicht, dass Brandenburgs Kurfürstin zu aller Zeit treu zu Euch steht.“

Er küsste in tiefem Dank die Hände der hohen Frau. „Auch wenn ich solche Gnade nicht verdiene, nehme ich sie an als Euer Durchlaucht treuester Diener“, erwiderte er bewegt.

Vom Turm riefen die Glocken und sie drängten ihn hinaus. Gleich darauf rauschte ein Frauengewand über den Estrich. Katharina Witzleben trat ein, um vor dem ernsten Gang den Segen der mütterlichen Freundin zu erbitten.

Die Rose von Jerichow

In dem letzten Häuschen eines armen Spreedorfes saß Katharina Witzleben am Lager eines todkranken Mannes. Von der kleinen Kirche klang die Betglocke herüber. Es war Abendzeit und die Nebel legten sich weiß über Sümpfe und Wiesen. Schweigend, die Hände über den Knien gefaltet, saß die junge Frau auf der roh gezimmerten Bank neben dem Alten. Als sei der Tod schon eingekehrt, so still war's in der Kammer, nur ab und an hob ein tiefer Seufzer die Brust des Kranken, dann neigte sich Katharina über das Lager und prüfte seinen Zustand. Das Reden fiel ihm schwer, kaum wusste er sich ihr verständlich zu machen. Mit flehendem Ausdruck hingen die fieberglänzenden Augen an dem Kreuz, das über dem Rosenkranz an der Wand befestigt war. Sie folgte seinem Blick und dachte, er verlangte nach einem letzten Abendmahl. Das Dorf war zumeist noch katholisch, die Lutherischen nahmen teil an den Gottesdiensten eines Nachbardorfes, dessen Bewohner sich durchweg zur neuen Lehre bekannten.

„Soll ich den Priester rufen?“, fragte sie und erhob sich. Erst vor wenigen Stunden gekommen, hatte man sie gebeten, den alten treuen Wächter des Dorfes zu pflegen, und der Greis, dem die liebevolle sanfte Art der jungen Frau wohl tat, hatte bald Zutrauen zu Katharina gefasst.

Bei ihrer letzten Frage aber kam jähes Erschrecken über ihn. Als gäbe ihn die Angst dem Leben wieder, richtete er sich auf, streckte die welken Hände abwehrend aus und rief: „Nein, nicht den Priester! Ich will evangelisch werden! Das Sakrament will ich – wie's unser Herr geboten hat!“ Das weiße Haupt sank auf das Strohlager zurück, über das Katharina ein Leinentuch gebreitet hatte, aber die Augen folgten jeder ihrer Bewegungen, und die fahlen Lippen wiederholten zitternd: „Wie's unser Herr geboten hat!“

Katharina war ratlos. In dem kleinen Zug, dem sie sich angeschlossen hatte, war kein Geistlicher gewesen. Es waren es zumeist Frauen, die gekommen waren, um Not und Schmerz zu lindern. Zwar hatte die Kurfürstin davon geredet, dass der Hofprediger den Pflegern im Laufe des Tages nachfolgen und wenigstens eine Nacht dort bleiben werde, doch ob er angekommen war, wusste sie nicht. Auch Bernhardus hatte in dem Zug gefehlt. Man sagte, er sei im letzten Augenblick abgerufen worden, um dem sterbenden Weib des Schlossvogts beizustehen. Wäre er ihr nahe gewesen, sie hätte sich ein Herz gefasst und ihn in ihrer Not um Hilfe gebeten, trotz allem, was zwischen ihnen lag. Schwerer und einsamer, als es war, konnte ihr Leben ja nicht mehr werden. Und schließlich wollte sie auch nichts für sich erbitten, sondern für einen der Geringsten, wie der Heiland seine Brüder genannt hatte. Sie wusste, sie hätte keine Fehlbitte getan.

Aber er war noch nicht gekommen, sie hätte ihn ja vorüberreiten sehen, und auch den Hofprediger der Kurfürstin hatte sie noch nicht entdeckt. Hilflos blickte sie die dämmernde Dorfstraße entlang. Eine beklemmende Angst überkam sie, dass der Alte sterben könnte, bevor ihm der letzte Wunsch erfüllt worden wäre. Was sollte sie tun? Sie wusste keinen, den sie mit ihrer Botschaft hätte betrauen können. Alle, die mit ihr kamen, saßen an Kranken- und Sterbebetten, und im Haus wohnte nur noch ein altes Weib, das ab und an hereinblickte, um ihr und dem Kranken Nahrung zu bringen, und sich dann wieder zurückzog.

Katharina trat ins Freie. Ihr Schimmel, den sie unter der Linde angebunden hatte, wieherte ihr entgegen. Sie lehnte das Haupt an den Hals des treuen Gefährten und strich liebkosend über sein weiches Haar. Das Tier wandte den klugen Kopf zu der Herrin um. Es war gewohnt, Freud und Leid mit ihr zu teilen. Seit Katharinas Kindertagen waren sie beisammen gewesen, und das Rösslein wusste stets, ob sie traurig oder froh war. Auch heute schmiegte es sich zutraulich an sie, als ahne es ihre Sorgen.

„Weißt du einen Rat, mein Spielgenosse?", sprach sie seufzend.

Sie wurde mit jedem Augenblick unruhiger und ihre Gedanken wanderten von dem stillen Lager den Weg zurück, den sie gekommen war. Was mochte die beiden Männer zurückhalten, warum kam der Hofprediger nicht allein, wenn Bernhardus daheim die Pflicht rief? Ein Gedanke fuhr ihr durch den Sinn, der sie erzittern ließ. Sie wusste, dass zu später Stunde Wegelagerer und Gesindel ihr Wesen auf der Heerstraße trieben, die als unsicher und gefahrvoll bekannt war.

Atemlos lauschte sie hinaus, die Hände gegen die Brust gepresst. Jeden Ton vernahm sie in der abendlichen Stille, vom Dorf drang kein Laut zu ihr, lag doch fast in jeder Hütte ein Sterbender oder es ruhte ein Toter in der Kammer. Umso deutlicher hörte sie das leiseste Geräusch, das der Westwind über die Wälder herauftrug. Sie stand und horchte, an ihr treues Ross gelehnt, und immer fester griffen ihre Hände in die Mähne des Tieres.

Plötzlich fuhr sie empor, stürzte in das Haus und rief die alte Frau an das Lager des Kranken.

„Bald komme ich wieder", rief sie und beugte sich über den Alten, „so Gott will, mit dem Sakrament!"

Einen Augenblick später saß sie im Sattel. Wie eine Rasende spornte sie ihr Tier an und jagte den einsamen Pfad entlang durch die dunklen Tannen.

„Er ruft mich!", schoss es ihr plötzlich durch den Kopf, und mit lauter Stimme rief sie den Namen des Geliebten.

Da klang dicht vor ihr die Antwort: „Katharina!" Eine Staubwolke verhüllte die Streitenden. Der Hofprediger und ein junger Bürger saßen noch im Sattel, Ribbeck kämpfte schon zu Fuß. Zwei Wegelagerer waren über sie hergefallen, schwer bewaffnet schienen sie im Vorteil. „Katharina!", rief Ribbeck. „Es ist spät geworden, Rose von Jerichow – aber ich komme!"

Sie war aus dem Sattel gesprungen und wollte sich schon zwischen die Kämpfenden drängen, da klang Hufschlag und lautes Geschrei vom Dorf her. Drei Fuhrknechte, mit Knitteln bewaffnet, kamen auf schnaubenden Hengsten daher und hieben die Städter heraus. In der nahen Schenke hatten sie Geschrei und Waffenlärm vernommen. Fluchend ergriffen die

Räuber die Flucht. Die Sieger verzichteten darauf, sie zu verfolgen. So schnell wie möglich ordnete sich der kleine Zug, denn Katharina trieb, in der Sorge um ihren Pflegebefohlenen, zur Eile.

Als Letzte schritt sie an Ribbecks Seite durch den immer dunkler werdenden Wald. Der Mond war aufgegangen, hin und wieder fiel sein silberner Glanz durch eine Lichtung auf den breiten Weg und beleuchtete das blasse Antlitz des jungen Weibes. Die Wimpern tief gesenkt, wanderte sie vorwärts. Jetzt, da er dem Leben wiedergegeben war und an ihrer Seite ging, verstand sie sich nicht, und der seltsame Schritt, den sie tat, wollte ihr kaum glaubhaft erscheinen. Der Gedanke, den Geliebten zu retten, hatte sie hinausgetrieben in Nacht und Not. Mit der Scheu einer Frau, die ihre Liebe wie einen Schatz verbirgt und eher Angst und Pein erleidet, als ihn preiszugeben, kehrte sie nun zurück. Aber sie hatte die Scheu, ein Geheimnis zu wahren, missachtet, ihr Stolz war durch eigene Schuld verletzt. Und doch – hätte sie anders gekonnt? *Er ruft mich,* klang es noch immer in ihrem Herzen, während sie verstohlen zu dem geliebten Mann aufblickte, der ihr schweigend, sein Glück im Herzen bewegend, zur Seite schritt.

„Er ruft mich!“

„Es ist spät geworden, Rose von Jerichow, aber ich komme!“

Und er kam, kam bald, zu lange schon hatte sie gewartet.

Am Wächterhäuschen angelangt, geleitete Katharina die beiden Männer zu dem Alten. Müde, mit gefalteten Händen, lag er da, ein Leuchten ging über die abgezehrten Züge, als er sie mit ihren Begleitern eintreten sah.

Dankbar trat er zu Luthers Lehre über und empfing das Brot und Wein des Abendmahls. Dann schloss er die Augen wie ein Kind, das von des Tages Freud und Leid ausruht. Es war die letzte Ruhe auf Erden, ein Hinüberschlummern sanft und leise, ohne Kampf und Schmerz. Kaum merklich war die Seele entflohen, und wie ein Bild des Friedens ruhte der Leib auf dem dürftigen Lager.

Ribbeck hatte dem Toten die Augen zugedrückt. In stillem Gebet umstanden sie die Leiche, dann ging einer nach dem anderen hinaus, und die greise Nachbarin setzte sich an das Lager, um dem alten treuen Hausgenossen die Totenwacht zu halten. Träne auf Träne rann ihr herab, und die harten Hände falteten sich zum Gebet für die arme Seele, die im letzten Stündlein den Schoß der Kirche verlassen hatte.

Draußen unter der Linde saß Katharina. Weiß schimmerte die Heerstraße im Mondlicht, jede Blüte im Garten konnte sie erkennen, so sternenklar war die Nacht. Wie im Traum blickte sie über Wiesen und Wälder, regungslos, als dürfe sie ihr Plätzchen nicht verlassen, bis der kam, den sie erwartete. Am Fenster, wo der Tote lag, sang eine Nachtigall, leise Klänge schwebten herüber, als rühre der Wind drüben im Kirchturm die Glocken. Sonst war alles still, nur das Gebet der alten Frau in der Totenkammer klang einförmig durch die geöffneten Fenster.

Als Schritte nahten, presste sie die Hände auf die Brust: Er war's. Und nun stand er vor ihr und redete mit ihr, wie sie es sich tausendmal sehnsuchtsvoll erträumt hatte. Sie antwortete ihm, ohne zu wissen, was. Seine Lippen fühlte sie auf den ihrigen, seine Hände auf ihrem Kopf. Leise lösten sie den Witwenschleier und rissen ihn mitten durch. „Das ist nun vorüber, du geliebte Frau", rief er und drückte ihr schönes Haupt, das die herabfallenden Locken wie ein schwarzer seidener Mantel umgab, an seine Brust. Von seinem Stolz sprach er zu ihr, der dem Weib, das einem andern gehörte, die Verehrung versagen wollte, von seiner Sehnsucht nach Glück und Heimstätte und einer tiefen starken Liebe, von der Liebe, die sein Leben dereinst glücklich machte, und die es in Elend und Einsamkeit getrieben hatte.

Die Tränen rannen ihr über die Wangen. Zitternd schmiegte sie sich an ihn und wollte ihn um Vergebung bitten für das Leid seines Lebens, an dem sie sich schuldig fühlte. Aber er wollte nichts davon hören. „Ich trage alle Schuld", sprach er. „Warum ging ich ohne Abschied von dir? Hätte ich ein Wort für dich gehabt, du wärst mir treu geblieben!"

Mit leuchtenden Augen blickte die Frau zu ihm auf. „Deine Freude und dein Leid hab ich immer im Herzen getragen, als wären sie mein. Heute aber empfange ich voller Dank das Glück meines Lebens – dich selbst, mein Geliebter!"

Er blickte in die Märchenaugen, ihr Glanz war derselbe wie einst in der Laube zu Jerichow, als er die kleine Königin im Arm gehalten hatte.

Kein Ton unterbrach die Sommerruhe. Durch die Wipfel blickte der Mond und beleuchtete die friedlichen Züge der jungen Frau, die still an der Brust des Mannes lag, dem sie jetzt gehörte.

Mitternacht schlug's vom Turm. Vom Wald herüber schwebte es feierlich wie leises Flügelrauschen, als zöge der Engel eines großen Glücks über die träumende Erde.

Aus der Chronik des Bernhardus

Spandau, den 20. Oktober 1535

Mein Weib hat mich gebeten, die Chronik des Abtes zu Fischbeck, die ich ihr am Hochzeitsmorgen schenkte, weiterzuführen. Es kommt mir seltsam vor, doch Frau Katharinas Wunsch soll erfüllt werden. Es sind nur noch ein paar Blätter, und so fülle ich sie mit Freuden. Mein letztes Wort, das ich als Abt darin verzeichnet habe, ist ein Jubelruf: „Mache dich auf, werde licht, denn dein Licht kommt, und die Herrlichkeit des Herrn gehet auf über dir!"

Ja, sein Licht hat meinen Pfad beleuchtet, immer und immer wieder, und hat mich getröstet, wenn mich, wie so oft im Leben, Tränen und Not umtrieben. Und heute, wo ich beginnen soll, das Ende dieses Büchleins zu schreiben, kann ich wieder nur loben und danken und setze fröhlichen Herzens den Lieblingsspruch meiner treuen Frau obenan: „Lobe den Herrn, meine Seele, und vergiss nicht, was er dir Gutes getan hat."

Seit zwei Monaten ist Katharina meine Ehefrau. Wie ein Märchen will mir es oft erscheinen, und doch ist nichts so klar und gewiss wie diese Tatsache.

Wir empfangen unser Glück an jedem Tag wie von neuem und sind uns seiner Fülle doppelt bewusst, weil sie durch Leid und Not und Schmerz hervorgegangen ist. Oft lehnt Katharina das Haupt an meine Schulter und sagt: „Ich kann's nicht fassen, dass wir zusammengehören!", und ich blicke in ihre Augen, tiefer und immer tiefer. Eine wunderbare Ruhe liegt in diesen Augen. Sie sind wie das Meer, wenn der Mond über der träumenden Flut aufgegangen ist. Leise kommt und geht das Wasser, das unendliche, und die Wellen ziehen plätschernd an den Strand und küssen die schlafende Erde.

Ja, deine Augen, Katharina, sie bergen eine Fülle von Ruhe und Frieden. Das kommt daher, weil du unter dem Kreuz erblüht bist, Jerichowrose, und seine Schmerzen und sein Segen dich überschatteten!

Ich kann nicht leben vom irdischen Sonnenschein, das bekenne ich, der ich ein Glück empfangen durfte, so tief und überwältigend groß, wie es eins auf Erden geben kann! Ich kann nicht leben von deiner Liebe allein, du unendlich Geliebte, mein Leben ist umsonst gelebt, wenn ich ihn nicht hätte, der mich erlöste, der sein Blut für mich vergossen hat!

Und wenn ich heute auf dich blicke, wie du mein Glück und Sonnenschein geworden bist, so ist meine größte Freude, dass du den Herrn lieb hast. Denn die Welt vergeht mit ihrer Lust, wer aber den Willen Gottes tut, der bleibt in Ewigkeit.

Spandau, am heiligen Christfest 1536
Unter dem Geläut der Weihnachtsglocken ist uns ein Sohn geboren. Mein Herz ist voll von Freude und Dank, und Katharina blickt still und glückselig abwechselnd auf mich und das kleine zarte Köpfchen, das an ihrer Seite schlummert. Draußen ist weihnachtliche Helle. Die Sterne strahlen und grüßen die Erde, die sich wiederum bereitet hat, den höchsten Gast zu empfangen.

Drüben an der verschneiten Pforte des Kirchleins steht in einen Stein gehauen unter dem alten Efeu: „Kommt, denn es ist alles bereit!“ Das ist mir gerade zur Weihnachtszeit immer der liebste Gruß gewesen – alles bereit! Das Heil, die Erlösung in Christus, das ewige Erbe, das aufbewahrt wird im Himmel – für uns, für dich und mich, für alle, die dem Fleisch gewordenen Gottessohn nachfolgen.

Durch die offenen Kirchenpforten strömt das Licht, und den weißen, mondbeschienenen Pfad kommen die Weihnachtsgäste, große und kleine, um die alte Botschaft zu vernehmen.

In Gedanken wandere ich mit und trage mein erstes Kind im Taufschleier über die Schwelle des Heiligtums. Ein wundervolles Geschenk, ein Kind am Christabend, wenn's auch nur ein armes Menschenkind ist, in Sünden empfangen und geboren – wir wissen, dass es dem Herrn durch die Taufe gehört, und die Botschaft der Weihnacht versiegelt uns die Gewissheit seines Heils.

So segne der Heiland, dessen Geburtsfest wir heute feiern, ein Kind, dem er in gnadenvoller Zeit das Leben gab. Er lasse ihm sein Licht leuchten, hell und klar, und schenke ihm fürs Erdenleben seine Kraft und zum Scheiden seine Gnade. Vom Turm schlägt es Mitternacht; die Kirchenfenster sind dunkel, die Straßen still.

Ich sitze im matt erleuchteten Gemach, bewache mein Glück und lausche den Atemzügen meines Weibes und des neugeborenen Kindes. Da klingt's vom Turm wie damals:

„Das ew'ge Licht geht da herein, gibt der Welt ein'n

neuen Schein. Es leucht' wohl mitten in der Nacht und uns des Lichtes Kinder macht!"

Leise schweben die süßen Klänge über die träumende Stadt; ich aber kniee an der Wiege nieder, und in meiner Seele jauchzt es:

„Das hat er alles uns getan, sein groß Lieb zu zeigen an; des freu sich alle Christenheit und dank ihm des in Ewigkeit! Kyrieleis!"

Mehr Historisches von FRANCKE

Käthe Papke
Das Forsthaus im Christianental
ISBN 978-3-86122-842-4
272 Seiten, kartoniert

Durch den Bergwald oberhalb des Harzstädtchens Wernigerode verläuft das romantische Christianental. Hier erstreckt sich um 1600 das Revier des Försters Markendorf. Der gottesfürchtige Witwer ist bei Fürsten und Bürgern hoch angesehen.
Der Segen, der auf seinem Hausstand liegt, scheint sich zu vermehren, als seine Kinder ins heiratsfähige Alter kommen.
Doch mit der Hoffnung pocht auch das Leid an die Tür des alten Forsthauses: das Donnergrollen eines Krieges, der 30 Jahre lang das Gottvertrauen

Käthe Papke
Wettergasse 18
ISBN 978-3-86122-841-7
176 Seiten, kartoniert

Um 1510 erstrahlt ein Fachwerkhaus in Marburgs Wettergasse in besonderem Glanz. Im Haus des angesehenen Kaufmanns Gerhardt gehen die jungen Bürger der reichen Pilgerstadt ein und aus. Und wo sich so viel junges Volk zusammenfindet, da bleibt die Liebe nicht lange außen vor. Justus, der Sohn des Hauses, hat sein Herz an die bezaubernde Eyla verloren, und seiner Schwester Hildegund scheint eine wundervolle Zunkunft an der Seite des Burgherrn zu Biedenkopf beschieden. Doch die Geborgenheit des Hauses kann die jungen Leute nicht vor den Stürmen schützen, die sich über dem Land zusammenbrauen: die Stürme der Reformation.

Wird die Asche einer verkrusteten Kirchenlehre die Liebe der jungen Menschen ersticken?

Heinrich Naumann
Dich, mein stilles Tal
Geschichten vom Heimatacker
ISBN 978-3-86122-994-0
144 Seiten, Paperback

Vier ergreifende Geschichten nehmen uns hinein in die lichten und schattigen Seiten der „guten alten Zeit“ im Hessenland des 19. Jahrhunderts. In kraftvoller Sprache erzählen sie von der urwüchsigen Wucht des Schicksals, mit dem unsere Vorfahren rangen. Sie malen das Bild einer herrlichen und doch todbringenden Natur und reden von Liebe und Treue, Ehrgeiz und Gier, Trauer und Hoffnung. Und sprechen von dem starken Anker, den diese Menschen in ihrem Glauben an Gott hatten – im Leben wie im Sterben.

Emmy Kraetke-Rumpf
Die Ärztin aus Quedlinburg
ISBN 978-3-86122-006-0
175 Seiten, kartoniert

„Die Bemühung, den Verstand zu schärfen, deutlich und gründlich zu denken, kann der Ausübung der häuslichen Verrichtungen nicht nachteilig sein, ja es ist eine studierende Frau desto geschickter, die Pflichten einer guten Hauswirtin und Ehegattin zu erfüllen, je gelehrter sie ist ...“

Wer ahnt heute noch den Sprengstoff, den diese Worte für die Zeit bedeuteten, in der sie geschrieben wurden? Doch ihre Verfasserin, Dorothea Christiane Erxleben, beließ es nicht bei Worten. Sie promovierte im Jahr 1754 als erste Frau in Deutschland zur Ärztin. Die Medizinerin, Mutter und Pfarrfrau lebte ihre dreifache Berufung bis zur letzten Konsequenz ...

Auch als Hörbuch erhältlich:
CD, 74 Minuten
ISBN 978-3-86122-774-8

Elisabeth Stiefel
Kleine Chronik großer Frauen
Band 1
ISBN 978-3-86122-776-2
144 Seiten, gebunden

Anna Magdalena Bach – Anna Rebecca Claudius – Margarete Steiff – Selma Lagerlöf – Julia von Bodelschwingh – Helene Schweitzer-Bresslau – Elly Heuss-Knapp – Dorothea Steigerwald

Nobelpreisträgerin, Firmengründerin, First Lady oder Ehefrau und Mutter: Diese acht Frauen haben Großes bewegt – weniger durch ihre individuellen Fähigkeiten als durch ihr Gottvertrauen. Doch wie konnte ihr Leben diese Segenswirkung entfalten? Woher schöpften sie ihren Mut und ihre Zuversicht? Das wird in diesen Lebensbildern lebendig, untermalt durch Brief- und Tagebuchauszüge, Gedankenanstöße und Impulse.
Choraltexte unterstreichen die Aussagen und laden zum Mitsingen und -beten ein.

Elisabeth Stiefel
Kleine Chronik großer Frauen
Band 2
ISBN 978-3-86122-850-9
176 Seiten, gebunden

Erdmuthe Dorothea Gräfin von Zinzendorf – Dorothea Christiana Erxleben – Catherine Booth – Christa von Viebahn – Corrie ten Boom – Elisabeth Cruciger – Ämilie Juliane Reichsgräfin von Schwarzburg-Rudolstadt – Luise Maria Hensel – Charlotte Rheilen

Mit feinem Strich zeichnet Elisabeth Stiefel die faszinierenden Porträts von neun Frauen, die schon in vergangenen Jahrhunderten emanzipiert zu leben verstanden. Die Lebensbilder enthüllen das Geheimnis ihrer Freiheit, die sie nicht aus der Selbstverwirklichung bezogen. Sie erkannten ihren Auftrag in einem kreativen und engagierten Leben aus dem Glauben an Gott.
Ob in der Dichtung, im sozialen Engagement oder in der Mission – ihr Werk setzt Maßstäbe bis heute und sucht Nachahmer.

Dieser zweite Band bietet Impulse und Liedvorschläge für Gesprächskreise in der Gemeinde, auf Freizeiten, bei Themenabenden ...

Elisabeth Stiefel
Kleine Chronik großer Männer
ISBN 978-86122-957-5
144 Seiten, gebunden

Johann Friedrich Flattich – Johann Heinrich Jung-Stilling – Gustav Werner – Friedrich Wilhelm Raiffeisen – Ferdinand Graf von Zeppelin – Clive Staples Lewis – Arno Pötzsch – Frère Roger

Elisabeth Stiefel skizziert die Lebensbilder von acht bedeutenden Männern. So unsterschiedlich diese Männer auch waren, hatten sie doch eine Gemeinsamkeit:
Trotz teilweise schlechter Startkonditionen und schwerer Turbulenzen haben sie Kurs gehalten. Kurs auf die Herrlichkeit Gottes, an den sie alle glaubten.
Im Schein dieser biografischen Schlaglichter finden wir Orientierungspunkte, um unseren eigenen Lebensweg neu auszurichten. Dazu tragen auch Bilder, Zeittafeln, sowie einige Denk- und Gesprächsanstöße bei.

Steffi Baltes
Das Leben der Elisabeth von Thüringen
ISBN 978-3-86122-949-0
50 Seiten, gebunden

Wir brauchen Vorbilder. Menschen, die so deutliche Spuren hinterlassen, dass wir ihnen folgen können, bis wir unseren eigenen Weg mit Gott gefunden haben.
Menschen wie Elisabeth von Thüringen.
Ihre Worte und Taten sind nicht spurlos an uns vorübergegangen. Noch heute stehen wir staunend vor ihrem Lebenswerk und fragen uns, wie eine junge Frau all das zustande bringen konnte. Wie muss ein Leben verlaufen, damit es solche Spuren hinterlässt? Dieser Frage spürt Steffi Baltes in diesem Buch nach.